Karina Reiß
Sommersprossen und Regenküsse
Band 1: Galway

AF209032

Das Buch

Eigentlich wollte Nelly das geerbte Haus ihrer verstorbenen Großmutter verkaufen. Doch als sie ihren Freund mit einer anderen Frau erwischt, beschließt sie, Deutschland endgültig den Rücken zu kehren. Tief verletzt aber dennoch wild entschlossen macht Nelly sich auf den Weg auf die Aran Islands. Das Schicksal hat jedoch ganz eigensinnige Pläne mit der jungen Frau. Mit einer kaputten Kamera, einem eingegipsten Fuß und einem Iren, der ihrem gebrochenen Herzen zu nahe kommt, beginnt eine Zerreißprobe, die Nelly an ihren Entscheidungen zweifeln lässt.

Die Autorin

Karina Reiß wurde 1976 in Thüringen geboren und verbrachte ihre Kindheit im Eichsfeld.

Heute lebt und arbeitet sie als freiberufliche Musiklehrerin in Worms.

Im Herbst 2012 fasste sie spontan den Entschluss, sich ernsthaft mit dem Schreiben zu beschäftigen. Kurz darauf entstanden die ersten Figuren und die Handlung für ihren Thriller Blutrune, den sie nach zweijähriger Arbeit im Dezember 2014 veröffentlichen konnte.

Mit der Kurzromanreihe „Sommersprossen und Regenküsse" wagt sie sich nun schriftstellerisch weg vom Thriller hin zu Frauen- und Liebesromanen.

Karina Reiß

Sommersprossen und Regenküsse

Galway

Bibliografische Information der Deutschen
Nationalbibliothek:
Die Deutsche Nationalbibliothek verzeichnet diese
Publikation in der Deutschen Nationalbibliografie;
detaillierte bibliografische Daten sind im Internet über
http://dnb.dnb.de abrufbar.

Lektorat / Korrektorat: Tanja Neise
Covergestaltung: © 2016 Karina Reiß
Quellennachweis der Fotos:
© www.istockphoto.com/voyagerix
© www.istockphoto.com/milanmarkovic

Herstellung und Verlag: BoD – Books on Demand,
Norderstedt

ISBN: 978-3- 8448- 0990-9

Yellow Hooker

»*Mögest du offen sein für alles NEUE, was kommen wird.*«
Irischer Segenswunsch

Hastig drücke ich dem Taxifahrer sein Geld in die Hand, schnappe mir meine Koffer und hetze auf dem Pier entlang in Richtung Fähre. Nachdem ich bereits den blöden Bus in Galway verpasst habe, möchte ich auf keinen Fall auf die späte Fähre am Abend warten müssen. Die letzten Stunden waren höllisch anstrengend und haben mich an den Rand meiner Kräfte gebracht. Mein sehnlichster Wunsch in diesem Moment ist eine heiße Dusche und anschließend ein warmes und weiches Bett. Am Ende des Piers erkenne ich zwei Männer, die gerade die dicken Taue des Kahns losbinden. Das darf doch nicht wahr sein! Blitzartig lasse ich das Gepäck los und fuchtele aufgeregt mit den Armen.

»Stop, please. Wait!«, keuche ich, während ich mich wieder in Bewegung setze, und die zwei Koffer knatternd hinter mir herrollen. Einer der Männer dreht sich zu mir um und deutet mit einer Handbewegung an, dass es höchste Zeit wird. Ja, ja, ich beeile mich ja schon, denke ich verärgert. Im nächsten Moment bleibe ich mit dem Schuh in einer kleinen Furche hängen, strauchle und falle der Länge nach auf die Nase. Noch bevor ich mir darüber Gedanken machen kann, wie unendlich peinlich mein Auftritt gerade anmutet, ist einer der Männer schon neben mir und reicht mir seine Hand. Bereitwillig nehme ich die Hilfe an und rappele mich auf. Ich reibe das schmerzende Knie und deute hilflos auf den unebenen Boden, um den Sturz zu erklären.

»Dankeschön«, murmele ich ihm zu und zwinge mich zu einem Lächeln. Es wird wirklich Zeit, dass ich eine Mütze voll Schlaf bekomme.

»Wird eine ruhige Überfahrt heute. Ich wünsche Ihnen einen schönen Aufenthalt auf der Insel, Miss.« Mein Helfer hebt die Koffer auf und wuchtet sie über die wackelige Gangway auf das Schiff. Erschöpft streiche ich mir eine Haarsträhne aus dem Gesicht, blinzle den Mann an und bedanke mich noch einmal. Lächelnd hebt er die Hand zum Gruß an seine Kappe.

Geschafft! Als ich einen Sitzplatz am hinteren Ende des Decks erspähe, lasse ich mich ermattet auf die harte Holzbank fallen. Unter meinem Hintern spüre ich das Vibrieren der kräftigen Schiffsmotoren, als die Fähre vom Hafen ablegt. Ein beruhigendes

Gefühl macht sich in mir breit, denn der größte Teil der langen Reise liegt nun hinter mir. Die Müdigkeit nagt unbarmherzig an meinen Kräften und das gleichmäßige Brummen der Motoren lässt mich schläfrig werden. Der Fahrtwind zerzaust mir zwar die Haare, aber das ist mir in diesem Moment schnurzegal. Erschöpft schließe ich die Augen und genieße die salzige Meerluft. Mit tiefen Atemzügen pumpe ich Sauerstoff in die Lunge und werde von Minute zu Minute ruhiger. Der dumpfe Schmerz in dem vom Sturz lädierten Knie lässt zum Glück nach, und auch mein Gedankenkarussell kommt nun ein wenig zur Ruhe. Als ich die Augen nach einer Weile wieder öffne, ist der Hafen von Rossaveal nur noch stecknadelgroß erkennbar. Mein Blick haftet auf der ruhigen Oberfläche des Atlantiks, kein Windzug peitscht das Wasser heute zu tosenden und aufbäumenden Wellen auf. Die Gesichter der Touristen auf der Fähre sehen dementsprechend entspannt aus. In diesem Moment fällt mir der Name des Schiffes ein, den ich vorhin flüchtig im Vorbeigehen wahrgenommen habe:

Yellow Hooker.

Ein flüchtiges Grinsen huscht über mein Gesicht, denn mir fällt ein, welche Bedeutung das Wort *hooker* noch hat. Klar wird der Begriff zum einen mit *alter*

Kahn oder *Fischerboot* übersetzt, aber er ist auch eine abfällige, umgangssprachliche Bezeichnung für eine Hure. Ob die Bootseigner sich dessen bewusst waren? Ganz bestimmt, das ist genau die Art von Humor, der den Iren eigen ist, denke ich und lächle der Sonne entgegen.

Die Fähre ist total überfüllt und normalerweise hätte ich schon furchtbare Beklemmungen wegen der vielen Menschen. Aber seltsamerweise macht es mir in diesem Moment überhaupt nichts aus. Jetzt im Sommer kommen täglich Hunderte Touristen auf die Aran Islands. Ich bin keine Touristin, sondern auf dem Weg in ein neues Leben. Mein altes Leben habe ich kurzentschlossen vor nicht einmal 24 Stunden hinter mir gelassen.

In diesem alten Leben war ich Werbegrafikern und hatte einen verdammt gut bezahlten Job in einer namhaften Mannheimer Agentur. Wir konnten uns vor Aufträgen kaum retten und mein Chef war mehr als zufrieden mit meiner Leistung. Er war auch sonst mit allem an mir zufrieden, bis vor zwei Wochen, als ich ihn mit einer anderen Frau im Bett überrascht habe. Max war nämlich nicht nur mein Vorgesetzter, sondern auch mein Freund. Okay, es war nicht das Bett, in dem ich die beiden erwischt habe, sondern der Kopierer bei uns in der Firma. Ich hatte gerade wichtige Unterlagen für ein Projekt gesucht und wollte nachschauen, ob ich sie im Kopierraum vergessen hatte. Nichtsahnend öffnete ich die Tür und starrte auf den nackten Hintern von Max, um den sich zwei relativ muskulöse Beine schlangen. Wie versteinert stand ich da, unfähig auch nur ein Wort zu sagen. Max drehte sich erschrocken um, wurde kreidebleich und stammelte etwas von »es ist nicht so, wie es aussieht«. Immer noch sprachlos hob ich lediglich abwehrend beide Hände und rannte panisch aus dem Firmengebäude.

Wir waren genau sechs Jahre und vier Wochen lang ein Paar. Ich bin wirklich davon ausgegangen, dass das ewig so weitergeht. Wie dumm von mir. Am liebsten würde ich mir eine schallende Ohrfeige geben. Noch am selben Abend habe ich ihm seine Wohnungsschlüssel vor die Füße geknallt und die paar Sachen gepackt, die ich der Bequemlichkeit halber in seiner Wohnung deponiert hatte. Am nächsten Morgen habe ich ihm wortlos die Kündigung auf den Schreibtisch gelegt und die Agentur verlassen. Auf keinen Fall kann ich weiter für ihn arbeiten.

Ein Ruckeln reißt mich aus den trüben Gedanken. Die Yellow Hooker legt gerade im Hafen von Kilronan an. Der Anblick der rauen Felsen dieser Kalksteininsel ruft eine gigantische Flutwelle unterschiedlicher Gefühle in mir hervor. Unendliche Traurigkeit und die Gewissheit, nun vollkommen allein auf dieser Welt zu sein, gepaart mit der Neugier auf ein komplett neues

Leben und auf einen großartigen Neuanfang schwappen über mich hinweg und spülen mich zusammen mit den Touristen an Land. Für einen kurzen Moment bleibe ich stehen und lasse die Inselatmosphäre auf mich wirken, dann nehme ich die Koffer und laufe den Pier entlang in Richtung der Pferdekutschen, die bereits darauf warten, den Touristen die Insel zu zeigen. Sämtliche Hinweisschilder und Verkehrsschilder sind auf Gälisch, denn die Aran Islands gehören zu einer Region in Irland, in der auch heute noch hauptsächlich die keltische Inselsprache gesprochen wird. Zu meinem Glück sprechen die Einheimischen auch Englisch und so gehe ich auf einen Pferdekutschenführer zu und frage ihn, ob er mich nach Meenabool zum Haus meiner Großmutter fahren kann. Er hievt das Gepäck auf den Wagen und ich klettere rasch hinterher, als die Kutsche auch schon losholpert. Entschlossen versuche ich, nicht zurückzuschauen und mich stattdessen auf das Hier und Jetzt zu konzentrieren. Von Männern habe ich die Nase gestrichen voll und Max werde ich hier auch vergessen.

Als wir den kleinen Ort Kilronan verlassen, kommt es mir vor, als würden wir in eine neue Welt eintauchen. Eine einsame, raue Welt fernab des Tourismus. Tief in meinem Herzen breitet sich das wohlige Gefühl aus, Zuhause angekommen zu sein.

Mein Blick schweift über die karge Felslandschaft und die vielen kleinen Mauern, die so typisch für diese Atlantikinseln sind. Schon als kleines Kind habe ich immer gern zwischen jenen Trockenmauern verstecken gespielt, die meiste Zeit gemeinsam mit meiner Großmutter. Andere Kinder in meinem Alter gab es kaum auf der Insel. Die vollkommene Schönheit unberührter Natur überwältigt mich unvermittelt und heiße Tränen steigen auf. Verstohlen wische ich sie weg. Zum Glück hat der Kutscher sie nicht bemerkt.

»Brr!«, sagt er zu seinem Pferd, zieht die Zügel dabei an und hält mit der Kutsche vor einem kleinen weißen Cottage. »Da wären wir, Miss«, sagt er an mich gewandt, springt von der Kutsche und hebt die Koffer herunter.

Ich krame in meiner Handtasche und hole schließlich den Geldbeutel hervor.

»Was bekommen Sie?«, frage ich ihn. Er hebt seine Hand und winkt ab.

»Das ist nur eine Gefälligkeit unter Nachbarn. Ich wohne dort die Straße hinunter. Wir sind die Buckleys. Wenn Sie etwas brauchen, kommen Sie einfach bei uns vorbei.« Freundlich lächelt er mich an und streckt mir seine Hand entgegen. Erleichtert, auf einen solch netten Menschen zu treffen, ergreife ich sie und erwidere seinen festen Händedruck.

»Ich danke Ihnen vielmals. Mein Name ist Nolan. Nelly Nolan.«

»Ich weiß«, antwortet er amüsiert und steigt zurück auf seine Kutsche. »Auf gute Nachbarschaft, Miss Nolan.« Er schnalzt laut mit der Zunge und schon rumpelt das Pferdegespann wieder davon. Verwundert schaue ich ihm hinterher und frage mich, woher er meinen Namen kennt. Vermutlich hat er mich auf Großmutters Beerdigung vor vier Wochen gesehen. Damals war ich zu sehr mit meiner Trauer beschäftigt, um die Menschen auf dem kleinen Friedhof wahrzunehmen. Außerdem gibt es auf einer Insel mit nur knapp über 800 Einwohnern ganz bestimmt keine Geheimnisse. Auf was habe ich mich da nur eingelassen? Ich bin die Anonymität einer Großstadt gewöhnt und will jetzt Teil einer kleinen eingeschworenen Inselgemeinschaft werden. Ob ich jemals wirklich dazugehören werde?

Verliebt in ein Cottage

»Mögen Mauern dich vor Wind und ein Dach vor
Regen SCHÜTZEN.«
Irischer Segenswunsch

Unschlüssig nehme ich das Gepäck auf und drehe
mich zum Cottage um. Überwältigt von diesem
grandiosen Bild verharre ich reglos. Die Szenerie sieht
aus wie eins dieser tollen Postkartenmotive. Das
Grundstück ist eingerahmt von einer niedrigen
Trockensteinmauer und ein schmaler Weg führt vom
Tor hin zum Cottage. Wildblumen blühen auf der
grünen Wiese im Vorgarten und bilden einen tollen
Kontrast zum weißen Mauerwerk des Hauses. Über
dem Reetdach strahlt ein ungewöhnlich blauer
Himmel und hinter dem Haus sehe ich den Atlantik.
Neugierig wie ein kleines Kind öffne ich das winzige
Tor, das in dem gleichen kräftigen Rotton gestrichen
wurde wie die Fensterrahmen, und betrete das
Grundstück. Plötzlich spüre ich ein richtiges Kribbeln
im Bauch und ich weiß, dass meine Entscheidung die

Richtige ist. Ursprünglich hatte ich nach der Beerdigung meiner Granny einen Makler beauftragt, um ihr kleines Haus zu verkaufen. Sie hat es mir vererbt und ich wusste nichts damit anzufangen. Am Tag ihrer Beerdigung hatte ich nicht die Kraft, mir das Haus anzuschauen. Zu sehr schmerzte der Gedanke an ihren Tod. Ich fühlte mich unendlich schuldig, weil ich sie die letzten fünf Jahre nicht mehr besucht hatte. Seit jenem schmerzlichen Tag, der alles in meinem Leben verändert hatte.

Doch nun bin ich überglücklich, es nicht verkauft zu haben und hier zu sein. Entschlossen schiebe ich die trüben Gedanken beiseite, stecke vorsichtig den Schlüssel in die Tür und drehe ihn um. Der Riegel schnappt ungewöhnlich leicht zur Seite, was mich im ersten Moment verunsichert. Hatte ich doch erwartet, dass in so einem alten Haus alles eingerostet ist. Soweit ich weiß, ist dieses Cottage über 200 Jahre alt. Meine Grandma hat aber anscheinend gut für es gesorgt. Mit großem Staunen trete ich über die Türschwelle und stehe in einem modern renovierten Haus.

Als Erstes bemerke ich den eleganten, kupferbraunen Steinboden, der eine unglaublich gemütliche Wärme ausstrahlt und einen tollen Kontrast zu den cremeweiß gestrichenen Wänden bildet. Oma muss dieses Haus erst kurz vor ihrem Tod renoviert haben. Am Telefon hat sie mir davon kein Sterbenswörtchen erzählt. Bei dem Gedanken an ihre Kunst, Geheimnisse für sich zu behalten und einen dann vollkommen unerwartet zu überraschen muss ich schmunzeln. Die Koffer stelle ich vorerst neben der Wandgarderobe ab und wende mich als erstes nach rechts.

Die Küche. Ich bin total überwältigt. Sie ist nagelneu! Höchstens ein Jahr alt. Geschmackvolle Vollholzmöbel in einem strahlenden Weiß. Ungläubig streiche ich mit den Fingern über den modernen Herd. Die Armaturen der Spüle bilden einen hübschen Kontrast und passen farblich zu dem Rotton der Fensterrahmen. Das hätte ich Grandma wirklich nicht zugetraut. Ich gehe in die Mitte des Raumes, drehe mich einmal um meine Achse und stoße einen Freudenschrei aus. Glücklich setze ich mich an den Esstisch, der in der hinteren Ecke unter dem Fenster steht. Einen Moment lang kann ich es nicht fassen und schließe überwältigt von meinen Gefühlen die Augen. Nie im Leben hätte ich damit gerechnet, dass ich hier ein vollständig renoviertes Anwesen vorfinden würde.

Plötzlich drängt sich eine quälende Frage an die Oberfläche meines Bewusstseins. Hat Granny gewusst, dass sie bald sterben würde und deshalb das kleine Haus für mich herrichten lassen, weil sie wollte, dass ich auf jeden Fall hier einziehe? Immerhin war ich ja tatsächlich drauf und dran das Haus zu verkaufen, wäre nicht die Sache mit Max passiert.

Wie gern würde ich Grandma Ruth jetzt in meine Arme schließen und ihr von Herzen danken. Für die unzähligen schönen Stunden, die ich mit ihr verbringen durfte, für ihre unendliche Liebe, mit der sie mich stets bedacht hat und nicht zuletzt für dieses überwältigende Zuhause, was sie mir hier auf Inishmore geschaffen hat. Sie fehlt mir so sehr und hat ein klaffendes Loch in meiner Seele hinterlassen. Dennoch spüre ich ihre Präsenz überall hier im Cottage, so als würde ihre Seele noch hier sein und mir tröstend über den Kopf streicheln, so wie sie es immer getan hat, als ich noch ein kleines Mädchen war und mir mal wieder die Knie aufgeschlagen hatte.

Auf der Anrichte entdecke ich eine nagelneue Kaffeemaschine. Erwartungsvoll öffne ich alle Schränke, aber Kaffee finde ich keinen. Es sind überhaupt recht wenig Vorräte da, fast so, als hätte Grandma versucht, vor ihrem Tod alles aufzubrauchen. Eine Gänsehaut überzieht meinen Körper und die feinen Härchen auf den Armen richten sich kerzengerade auf.

Das ist doch Blödsinn, Nelly. Im Schrank finde ich schließlich Teebeutel und beschließe, mir einen Kräutertee zu kochen. Danach ist es Zeit sich das restliche Cottage anzuschauen.

Direkt gegenüber der Eingangstür befindet sich der einzige Raum, der eine Tür hat. Gespannt öffne ich sie und finde, wie bereits vermutet, das Badezimmer. Genauso hell und freundlich, genauso neu wie die Küche. Der Raum ist zwar sehr klein, was bei der geringen Größe des Cottages nicht verwunderlich ist, doch er strahlt eine ungewöhnliche Ruhe und Harmonie aus. Am meisten freut mich die schnucklige Badewanne. Die letzten Jahre in Deutschland habe ich auf eine Badewanne verzichten müssen, denn meine kleine Wohnung gab den Platz dafür nicht her. Ich beschließe, gleich nochmal zurück nach Kilronan zu fahren, um im dortigen Supermarkt die wichtigsten Sachen einzukaufen. Danach möchte ich mir ein ausgiebiges Bad gönnen.

Fröhlich pfeifend und voller Vorfreude schließe ich die Tür des Badezimmers hinter mir und gehe in den rechten Teil des Hauses, wo mich ein urgemütliches Wohnzimmer erwartet. Die Badewanne löste ja bereits wahre Glücksgefühle in mir aus, doch was ich hier sehe, lässt mich vor Wonne dahinschmelzen. Wie gebannt starre ich auf einen Eckkamin und die zwei gemütlichen Polstersessel davor. Genauso, wie ich es mir schon immer gewünscht habe. Das muss ein Traum sein, denke ich und kneife mir in die Wange. Autsch! Kein Traum! In diesem Moment durchströmen pure Glücksgefühle meinen Körper.

Das Pfeifen des Wasserkessels holt mich zurück auf diese Erde und ich gehe schnell in die Küche, um mir den Tee aufzugießen. Mit der dampfenden Tasse in der Hand mache ich es mir in einem der zwei Sessel bequem und schaue mich zufrieden im Wohnzimmer um.

Meine Gedanken wandern zu Max und eine dunkle Wolke überzieht diese kleine Oase des Glücks. Auch wenn er mich so dermaßen gedemütigt hat, vermisse ich ihn doch sehr. Ich träume davon, wie es wäre, wenn er mit auf dieser Insel wäre und wir gemeinsam hier den Sommer verbringen würden. Die Abende gemütlich vor dem knisternden Kaminfeuer, nachdem wir den Tag in der rauen Natur verbracht haben. In den Nächten lieben wir uns bis zum Morgengrauen und schlafen dann erschöpft aber glücklich ein.

Nelly, du bist eine Närrin, schimpfe ich mit mir selbst. Entschlossen erhebe ich mich aus dem Sessel, stelle die inzwischen leere Tasse auf dem Tisch ab und gehe die schmale Holztreppe hinter mir nach oben. Im niedrigen Dachgeschoss finde ich ein kleines gemütliches Schlafzimmer mit einem großen, romantischen Metallbett. Die schweren Deckenbalken sind in einem kräftigen kastanienbraun gestrichen, sodass dieser Raum eine warme Atmosphäre bekommt. Eine Tür führt vom Schlafzimmer aus in einen Abstellraum. Als ich die sauberen und leeren

Regale sehe, zaubert dieser Anblick ein Lächeln in mein Gesicht. Das sieht Granny ähnlich. Sie war immer sehr gut organisiert. Später werde ich in Ruhe meine Koffer hier rauf tragen und alles auspacken.

Neben dem Haus gibt es noch einen kleinen angebauten Raum, den ich mir als Nächstes anschaue. Auch hier sind die Wände mit Regalen bestückt und in einem davon finde ich einige Konservendosen. Nachdem ich mir einen groben Überblick über die vorhandenen Vorräte verschafft habe, schreibe ich im Geist eine Einkaufsliste für nachher. Dann entdecke ich ein blaues Fahrrad, das an der gegenüberliegenden Wand lehnt, und ich freue mich wie ein kleines Kind darüber. Das werde ich auf dieser Insel sehr gut gebrauchen können. Autos gibt es hier nur sehr wenige und jedes Mal mit einer der Touristenkutschen fahren wird auf Dauer auch zu teuer.

Vergnügt schiebe ich das Rad nach draußen auf die Straße und radele zurück in Richtung Kilronan. Links von mir der raue Atlantik, rechts die von kleinen Trockenmauern durchzogene Landschaft, die so typisch für die Aran Islands ist, trete ich kräftig in die Pedale und genieße den Fahrtwind, der trotz der angenehmen Sommertemperaturen kühl ist.

Im Ort angekommen stelle ich das Rad vorm Supermarkt ab und gehe in den Laden. Zum Glück haben die meisten Touristen nicht das Einkaufen im

Sinn, sodass es hier angenehm leer ist. Vollkommen ungestört schlendere ich somit durch die Regale und fülle den Einkaufswagen. Die Frau an der Kasse scheint etwa in meinem Alter zu sein und begrüßt mich gutgelaunt mit einem Lächeln.

»Hi, du musst Nelly sein.«

Huch! Verwundert schaue ich sie an und frage mich, ob mich hier jeder auf der Insel kennt.

»Ähm, ja richtig.« Noch immer verwirrt reiche ich ihr meine Hand, die sie entgegennimmt und herzlich schüttelt. »Ich heiße Nelly Nolan und wohne ...« ich deute mit der Hand ungefähr in die Richtung, in der ich das Cottage vermute.

»Ich weiß. Ich bin Fíona Buckley. Wir sind Nachbarn.« Sie schüttelt ihre Lockenpracht auf und beginnt die Waren über den Scanner zu ziehen. Offenbar hat sie meinen fragenden Ausdruck bemerkt, denn sie fügt schnell hinzu: »Mein Dad hat mir vorhin erzählt, dass er dich mitgenommen hat. Ich freue mich wirklich, dich endlich mal kennenzulernen. Deine Großmutter hat immer von dir geschwärmt.«

»Ich freue mich auch, Fíona«, antworte ich ihr leicht verlegen und meine das auch so. Sie erscheint mir sehr sympathisch und ich hätte nichts gegen eine neue Freundin einzuwenden, die mir den Start auf dieser Insel ein wenig erleichtert.

»Du arbeitest also hier im Laden?«, halte ich das Gespräch am Laufen.

»Ja zusammen mit meiner Mutter. Wir wechseln uns ab. Der Markt gehört uns.«

»Wow, ihr seid ja richtige Großunternehmer hier auf der Insel, wenn dein Vater noch Kutschfahrten für die Touristen anbietet«, scherze ich und krame nach dem Geldbeutel.

»Und mein Bruder.«

»Dein Bruder?«, schaue ich sie fragend an, weil ich nicht weiß, was sie mir gerade sagen will.

»Mein Bruder hilft meinem Vater bei dem Fuhrunternehmen. Er fährt auch eine Pferdekutsche.«

»Toll, ein fleißiges Familienunternehmen, die Buckleys.« Aus dem Portemonnaie ziehe ich einen 50-Euro-Schein, den ich ihr reiche, und packe dann die Einkäufe in die Tüten.

»Familienunternehmen klingt so groß.« Lachend schüttelt sie den Kopf und ihre kräftigen Locken wackeln dabei hin und her. »Hier auf der Insel gibt es nicht viele Möglichkeiten seinen Lebensunterhalt zu verdienen. Wir haben noch Glück, viele von uns arbeiten in Galway und Umgebung.« Sie gibt mir das abgezählte Wechselgeld und hilft mir dann, die Einkäufe zu verpacken. »Sag mal, hast du heute Abend schon was vor?«, plappert sie munter weiter.

Für einen winzigen Moment zögere ich, denn ich sehne mich nach meinem Bett, sage dann aber schnell, dass ich noch nichts geplant habe.

»Hier im Ort gibt es einen tollen Pub. Heute Abend haben sie dort Live-Musik. Wir können zusammen hingehen und uns besser kennenlernen. Sag bitte ja!«

Irgendwie habe ich das Gefühl, dass sie auch dringend eine neue Freundin braucht, oder alle Inselmenschen sind so offenherzig.

»Ja ich komme gern mit«, antworte ich ihr kurzentschlossen, obwohl ich es im nächsten Moment schon wieder bereue. Das Bett wird auf mich warten müssen.

»Klasse! Ich hol dich dann um sieben bei dir zu Hause ab. Bis heute Abend Nelly.« Freudig winkt sie mir hinterher, bevor sie einen weiteren Kunden abkassiert.

Die Einkaufstüten packe ich in den Korb am Fahrradlenker und radele fröhlich pfeifend zurück, vorbei an den Touristen, die zum Teil schon wieder in Richtung Fähre strömen, um zurück nach Galway zu gelangen.

Club der
Guinness – Bodensatz – Kenner

*»Ein Fremder ist nur ein FREUND, den man noch
nicht kennt.«*
Weisheit aus Irland

Nachdem ich die Einkäufe in die Schränke geräumt
und ein Sandwich gegessen habe, stehe ich nun im
Bad und überlege, was ich mit meinen Haaren
anstelle. Der Wind vom Fahrradfahren und die salzige
Meerluft haben nicht gerade dazu beigetragen, dass
diese ansehnlicher geworden sind. Meine
Naturlocken haben sich gegen mich verschworen und
stehen in alle Richtungen vom Kopf ab. An den
meisten Tagen hasse ich diese Dinger. Bei der
kleinsten Feuchtigkeit in der Luft kringeln sie sich auf
und ich sehe am Kopf aus, als wäre ein Mopp
explodiert. Da ich gerade keine Lust habe, das
Glätteisen aus dem Koffer zu holen, beschließe ich, die
Haare einfach nur locker hochzustecken. Meine

ultimative Schnellnotlösung. Immerhin will ich ja keinen Mann aufreißen, sondern nur einen spaßigen Abend mit einer möglichen neuen Freundin haben. Als ich gerade dabei bin, mir die Wimpern nachzutuschen, klingelt es an der Tür. Erschrocken zucke ich zusammen und schmiere mir dabei einen Teil der Mascara unter die rechte Augenbraue. Dann fällt das Make-up eben kleiner aus. Vor wenigen Wochen hätte mich das noch gestört, aber jetzt ist es mir schnuppe, ich muss mich für niemanden herausputzen.

»Hi, Fíona. Komm noch kurz rein, ich bin sofort fertig.«

Hektisch schiebe ich sie ins Wohnzimmer und flitze zurück ins Bad.

»Ich bin mit dem Fahrrad da. Ich hoffe, es ist okay für dich, wenn wir mit dem Rad fahren«, höre ich sie rufen.

»Klar, kein Problem. Es ist ja tolles Wetter«, rufe ich zurück, während ich das andere Auge tusche und mit einem Wattepad die schwarzen Spuren in meinem Gesicht beseitige. Atemlos komme ich aus dem Bad und schließe die letzten Knöpfe an meiner Bluse.

»Das kann sich hier aber auch ziemlich schnell ändern.«

Wieder kommt von mir als Antwort nur eine hochgezogene Augenbraue. Mein Gott, sie muss denken, ich bin etwas begriffsstutzig, dabei bin ich einfach nur total müde vom Flug.

»Das Wetter. Es ändert sich hier ganz schnell wegen des Atlantiks. Du siehst übrigens hinreißend aus.«

Ich verschlucke mich, beginne zu husten und mir wird augenblicklich extrem heiß. Mein Gesicht ist jetzt definitiv so rot wie eine Tomate. Bisher konnte ich immer gut mit Komplimenten umgehen, doch ihre lockere und unkompliziert direkte Art haut mich gerade regelrecht von den Socken.

»Dankeschön«, murmle ich vor mich hin und versuche meinen Hustenanfall wieder in den Griff zu bekommen.

»Geht es wieder?«

Mit meinem ausgestreckten Daumen gebe ich das Zeichen, dass es mir gut geht.

»Let's go!« Sie legt ihren Arm um meine Schulter und wir gehen gemeinsam nach draußen zu unseren Fahrrädern.

Die Fahrt nach Kilronan war äußerst amüsant. Wir haben gegackert wie die Hühner und waren ausgelassen und albern auf unseren Rädern. Vollkommen außer Puste kommen wir am Ziel an. Über den Zustand meiner Frisur denke ich lieber nicht weiter nach, sonst dreh ich gleich wieder um und fahre zurück. Wir schließen unsere Fahrräder ab und betreten das *Joe Wattys*, da draußen bereits alle Plätze belegt sind. Warme, abgestandene Luft kommt mir entgegen und nimmt mir im ersten Moment den Atem. Hier drin ist es mindestens genauso voll wie im Außenbereich. Ich befürchte, dass wir überhaupt keinen Platz mehr bekommen und der Abend gelaufen ist, bevor er überhaupt angefangen hat.

»Wollen wir woanders hingehen?«, frage ich meine Begleiterin.

»Wieso, ist doch toll hier.«

»Na, weil es schon so voll ist.«

»In Irland sind abends alle Pubs voll. Du wirst sehen, wir haben einen großartigen Abend.«

Sie greift meine Hand, zieht mich zielsicher durch die Menschenmenge und steuert auf einen mir noch unbekannten Punkt zu. Tatsächlich stehen wir plötzlich vor einem Tisch, an dem noch zwei Plätze frei sind.

»Komm, setz dich!«, fordert Fíona mich auf. »Hast du Hunger? Hier gibt es frische Meeresfrüchte.«

Angewidert verziehe ich das Gesicht. »Nein, kein Hunger.« Ich hasse jegliche Art von Meeresfrüchten, lieber würde ich verhungern, als eine Muschel und Garnelen zu essen.

»Alles klar!« Sie lacht herzhaft auf und schüttelt ihre rote Lockenpracht. »Holst du uns dann bitte an der Bar etwas zu trinken, ich verteidige so lange unsere Plätze.«

Mit Daumen und Zeigefinger gebe ich ihr das OK-Zeichen und arbeite mich Zentimeter für Zentimeter zur Theke durch. Was für ein Vertrauen sie doch in mich hat, wenn sie glaubt, dass ich es an meinem ersten Abend hier drin schaffe, zwei Drinks zu bestellen. Noch nie habe ich so viele Menschen auf so engem Raum erlebt. Ehe ich am Tresen der Bar ankomme, beginnt die anwesende Band das Lied *The fields of Athenry* zu spielen und ich spüre, wie sich unmittelbar die Stimmung im Pub verändert. Es wird gejohlt, geklatscht, getanzt und mitgesungen, und ehe ich mich versehe, höre ich mich auch singen.

Meine Oma hat mir dieses Lied, das in den 70 iger Jahren von Pete St. John geschrieben wurde, früher immer vorgesungen und ich habe jedes Mal Tränen vergossen, denn die bewegenden Zeilen über Stolz, Wehmut und Sehnsucht zur Zeit der großen Hungersnot haben mein kindliches Herz tief berührt. Mir wird plötzlich warm ums Herz und mit einem Mal machen mir die vielen Menschen hier drin überhaupt nichts mehr aus. Angesteckt von der guten Laune treibe ich singend und meine Hüften bewegend weiter auf die Bar zu.

»Zwei Pints Guinness, bitte«, rufe ich dem Typ hinter der Theke etwas zu laut zu, aus Angst, er könnte mich nicht verstehen. Während er das Bier in einem perfekten 45-Grad-Winkel zapft, schaue ich zur

Band rüber und bin absolut fasziniert von den Musikern.

Mit den zwei kalten Gläsern in den Händen arbeite ich mich zurück zu unserem Tisch. Verwundert schaue ich Fíona an, denn auf meinem Platz sitzt ein Mann, mit dem sie sich angeregt unterhält. Als sie mich erspäht, springt sie sofort von ihrem Platz auf und setzt sich dem Typen auf den Schoß.

»Setz dich Nelly! Das ist mein Freund. Du hast doch sicher nichts dagegen, dass er mit uns hier am Tisch sitzt!«, sagt sie unbekümmert.

Er nickt mir kurz zu und ich strecke ihm meine Hand entgegen, nachdem ich die Pints auf dem Tisch abgestellt habe. »Hi. Ich bin Nelly.«

»Hi Nelly. Ich bin Brian. Willkommen auf der Insel.«

Kaum dass er mich begrüßt hat, knabbert er schon wieder am Ohrläppchen von Fíona. Na toll, denke ich genervt. Nachdem ich hier bin, um die Männerwelt zu vergessen, darf ich mir nun den ganzen Abend ein verliebtes Pärchen anschauen. Da ich sonst noch niemanden hier kenne und nicht gerade die geselligste Person bin, füge ich mich in mein Schicksal und bleibe sitzen. Genervt greife ich nach meinem Glas und trinke einen großen Schluck des Guinness. Der herbe und doch erfrischende Geschmack überrascht mich angenehm und ich nehme einen weiteren Schluck. Eigentlich bin ich keine Biertrinkerin. Aber dieses extrem dunkle Stout überzeugt mich. Mit der Zungenspitze lecke ich den zartcremigen Schaum von meiner Lippe.

»Gefällt es dir?«, fragt mich Fíona zwischen zwei intensiven Zungenküssen hindurch.

Ich versuche, mein Lächeln einzufrieren, und hebe den Daumen. »Es ist toll.« Sie kann ja nichts für meine missglückten Männergeschichten und meint es nur gut mit mir. Also gebe ich mir Mühe, etwas Spaß zu haben. Erstaunlicherweise fällt es mir sogar zunehmend leichter, nicht zuletzt wegen der tollen Atmosphäre hier und der guten Musik. Null Chance, sich dieser guten Laune zu entziehen. Die Stimmung reißt mich förmlich mit und ich singe und klatsche zu den gespielten Liedern. An Maximilian habe ich mindestens eine halbe Stunde nicht mehr gedacht. Es kann also nur besser werden. Unvermittelt steht Brian auf und gibt mir seine Hand. »War schön, dich kennenzulernen.«

»Gleichfalls«, antworte ich automatisch und schaue meine Begleiterin verwundert an.

»Er hatte nur Pause und muss weiterarbeiten«, klärt sie mich auf und deutet mit ihrem Arm in Richtung Bar. Ich nicke und frage sie, ob er auch auf der Insel wohnt.

»Ja, in Dolan.«

Unwillkürlich drängt sich mir die Frage auf, ob die beiden keine Angst haben, über einige Ecken miteinander verwandt zu sein. Immerhin ist das hier eine extrem kleine Insel, und das Durchschnittsalter wird immer höher, da die jungen Leute von hier fortgehen. Mich mal ausgeschlossen. Mit meiner Ankunft heute Vormittag habe ich den Altersdurchschnitt garantiert drastisch gesenkt.

»Er stammt aus Westport und ist vor zwei Jahren hierher gezogen.« Mein Gott kann sie etwa Gedanken lesen? Oder habe ich, wie in einem Comic, kleine Sprechblasen über meinem Kopf?

»Was hat ihn hier auf die Insel getrieben?«

Sie senkt den Blick und antwortet mir leise: »Er ist wegen mir auf die Insel gekommen.«

»Wow. Das muss wahre Liebe sein.« Ehrlich beeindruckt spüre ich dennoch einen Stich im Herzen. Es muss toll sein, so bedingungslos geliebt zu werden.

»Seine komplette Familie hat ihn für verrückt gehalten, aber er hat es durchgezogen. Ich habe ihm geholfen, den Job hier zu bekommen, und er hat sich ein kleines Haus gekauft und selbst renoviert. Wir wollen heiraten.« Sie strahlt mich jetzt förmlich an. Obwohl ich mich sehr für meine Freundin freue, frage ich mich gerade, ob ich zu diesem Zeitpunkt so viel Liebesglück ertragen kann. Aus Rücksicht bemühe ich mich weiterhin um ein herzliches Lächeln, denn ich möchte ihr nicht die Freude verderben.

»Das ist ja toll. Habt ihr schon einen Termin? Sláinte[1]!« Ich halte ihr mein halbleeres Glas hin und sie stößt mit ihrem dagegen.

»Sláinte! Nein, wir haben noch keinen Termin. Eigentlich weiß auch noch niemand davon. Du bist die Erste, der ich es erzähle, Nelly.«

Jetzt bin ich baff. Diese Frau kennt mich erst seit etwa sieben Stunden und vertraut mir dann gleich so einen Hammer an. Ich weiß nicht, was ich sagen soll und bin total gerührt.

»Oh!«, ist das Einzige, was ich vor Schreck herausbekomme.

»Entschuldige bitte, ich wollte dich nicht überfordern oder verunsichern. Du musst wissen, deine Großmutter hat mir so viel von dir erzählt und mich extrem neugierig auf dich gemacht. Ich habe mir immer gewünscht, dich irgendwann kennenzulernen und als Freundin zu haben. Und als du vorhin in den Laden kamst, wusste ich, deine Grandma hat nicht übertrieben. Sag mir einfach, wenn ich dich zu sehr bedränge. Ich bin einfach ein direkter Typ.«

Sie plappert ohne Punkt und Komma einfach drauflos und mir wird klar, dass sie vermutlich immer dann viel redet, wenn sie nervös ist.

»Nein. Mach dir keine Gedanken. Alles ist in bester Ordnung. Ich freue mich wirklich sehr, hier

---

[1]   siehe Glossar

gleich so eine nette Freundin wie dich gefunden zu haben.«

»Behalte es bitte noch für dich, das mit der Hochzeit, versprochen?«

»Versprochen!« Wir stoßen nochmal mit unseren nun fast leeren Pintgläsern an und lachen beide laut auf.

»Du musst einen kleinen Rest im Glas zurücklassen, Nelly« Sie deutet auf mein Pint und zeigt mir ihr Glas, in dem ein winziger Rest Stout den Boden bedeckt.

»Wieso das denn?«, will ich wissen. »Hebt ihr den Rest für eure Leprechauns[2] auf, damit sie euch den prall gefüllten Goldtopf zeigen?«

Sie lacht herzlich auf. »Nein! Wobei das sicher eine schöne Idee wäre. Der Bodensatz vom Guinness ist total ungesund und deshalb wird er nicht mitgetrunken.«

»Aha«, schmunzle ich. »Gut zu wissen. Dann entpuppe ich mich jetzt mal als wahrer Kenner des fiesen Bodensatzes.« Ich lasse einen Rest von etwa zwei Millimetern im Glas zurück und halte Fíona mein Glas demonstrativ vors Gesicht, bevor ich es auf dem Tisch abstelle.

»Herzlich willkommen im Club der Guinness-Bodensatz-Kenner.«

---

[2]   Siehe Glossar

»Sag mal, wie kommt es, dass ich dich früher hier nie getroffen habe? Ich habe als Kind die Sommer öfter bei meiner Granny verbracht«, will ich von ihr wissen.

»Wir sind erst vor knapp 5 Jahren auf die Insel gezogen.«

»Das erklärt es. Die letzten Jahre bin ich nicht mehr hergekommen.« Ich schäme mich ein bisschen vor ihr, weil ich meine Oma nicht mehr besucht habe.

»Warum denn nicht? Hat es dir hier nicht mehr gefallen?«

Gequält stöhne ich leise auf. Eigentlich möchte ich lieber nicht über dieses Thema reden, aber irgendwie habe ich das Gefühl, ich wäre ihr eine Antwort schuldig.

»Ich war zu sehr mit mir selbst beschäftigt. Meine Eltern sind vor fünf Jahren bei einem Flugzeugabsturz ums Leben gekommen. Das hat mich ziemlich aus der Bahn geworfen. Ich hatte Angst, dass ich, wenn ich bei Grandma bin, gemeinsam mit ihr in alten Erinnerungen versinke. Aber wir haben regelmäßig telefoniert«, versuche ich, mein Verhalten zu entschuldigen.

»Oh Nelly, das tut mir ja so leid. Ich habe das nicht gewusst. Deine Großmutter hat nie darüber gesprochen.« Sie nimmt meine Hand in ihre und streicht sanft mit ihrem Daumen über meinen Handrücken. Es fühlt sich gut an und ich bin froh, in ihr eine neue Freundin gefunden zu haben. Eine Frage brennt mir auf der Seele. Ob sie wohl weiß, warum meine Großmutter so kurz vor ihrem Tod das Cottage hat renovieren lassen? Wie viel hat meine Oma ihren Nachbarn anvertraut? Ich überlege mir, wie ich sie am besten auf dieses Thema anspreche, als ich plötzlich einen Mann auf uns zukommen sehe. Zielsicher schlängelt er sich durch die Pubgäste und steuert genau auf unseren Tisch zu. Er sieht einfach umwerfend aus, zum Anbeißen. Du bist hier, weil du der Männerwelt abgeschworen hast, Nelly, ermahne ich mich im Stillen selbst. Gerade als ich ansetzen will, Fíona nach meiner Grandma zu fragen, kommt er genau vor unserem Tisch zum Stehen. Mit offenem Mund starre ich ihn an und sehe dabei vermutlich ziemlich dämlich aus. Sein Blick streift mein Gesicht und bleibt für zwei Sekunden hängen. Zwei Sekunden, die mich vollkommen aus der Bahn werfen. Das Blau seiner Augen durchdringt meinen Körper und trifft tief in mir drin auf meine Seele, wühlt sie auf, bringt mich fast um den Verstand. Mir ist, als ob aus seinen Augen eine wunderbare Wärme herausströmt und auf der Stelle mein Herz umschließt. In der nächsten Sekunde löst sich sein Blick von meinem und es fühlt sich an, als hätte er mir das Herz herausgerissen. Ein eisiges Loch bleibt stattdessen zurück.

Was zur Hölle war das denn gerade?, frage ich mich und ziehe scharf die Luft ein. Er scheint von meinem Gefühlschaos überhaupt nichts mitbekommen zu haben, denn im nächsten Moment beugt er sich zu Fíona hinunter und haucht ihr einen Kuss auf die Wange. Sofort schießt ein stechender Schmerz in mein Herz und ich starre die beiden perplex an. Ihr Freund ist keine zwei Meter entfernt hinter der Theke und sie lässt sich hier vor seinen Augen von einem anderen Mann abknutschen?

»Du müsstest dein Gesicht jetzt mal sehen, Nelly!« Amüsiert lacht Fíona auf und knufft mich in die Seite. »Darf ich dir meinen Bruder Liam vorstellen? Liam, das ist Nelly Nolan, unsere neue Nachbarin und, so hoffe ich doch, meine neue Freundin.«

»Freut mich wirklich, dich endlich kennenzulernen, Nelly.«

Er streckt mir seine Hand entgegen und schenkt mir ein entwaffnendes Lächeln, das mir sofort durch Mark und Bein geht.

»Hi, ich freue mich auch«, ist alles, was ich heiser aus meiner trockenen Kehle herauspresse. Seine Hand fühlt sich so warm und geschmeidig an, und trotzdem stark. Ein Gefühl von Geborgenheit und Sicherheit durchflutet mich wie ein gleißender Lichtstrahl, ein Kribbeln steigt von meiner Hand den Arm entlang und breitet sich anschließend im gesamten Körper aus, ganz so, als hätte er sich in mir mit einem winzigen Stromschlag entladen. Gleichzeitig spüre ich eine unendliche Erleichterung darüber, dass er ihr Bruder ist und nicht irgendein Nebenbuhler. Zum einen, weil ich mich sonst schon arg in ihrem Charakter getäuscht hätte. Ich sehe in ihr einfach nicht den Typ Frau, der nur mit Männern spielt und auf meine Menschenkenntnis konnte ich mich bisher immer verlassen. Außer bei Max. Zum anderen bin ich auch erleichtert darüber, dass ich nicht gleich mit meiner neugewonnenen Freundin in einen Konkurrenzkampf treten muss.

Nelly, Nelly, Nelly! Ich schüttele kaum merklich den Kopf und muss über mich selbst schmunzeln. Noch nicht mal 24 Stunden auf der Insel, wo ich ein neues, männerfreies Leben beginnen möchte, und schon hat mich ein Paar blaue Augen fast um den Verstand gebracht. Sei doch vernünftig, Nelly, er hat bestimmt eine Freundin. Genau, so ein gutaussehender Kerl kann gar nicht mehr als Single durchs Leben laufen. Schlag ihn dir aus dem Kopf. Dein Herz wird schneller gebrochen sein, als du ein Guinness austrinken kannst. Ich beschließe, an meinen Vorsätzen, männerfrei und glücklich hier zu leben, festzuhalten und merke, dass es mir gleich wieder besser geht.

»Setz dich einen Moment zu uns, Bruderherz.« Fíona zieht einen freien Stuhl vom Nachbartisch heran und ihr Bruder setzt sich neben mich. Inzwischen ist es hier drin so voll geworden, dass man kaum noch stehen kann, es gibt keinen freien Platz mehr. Um an die Bar oder auf die Toiletten zu kommen, muss man sich an schwitzenden Leibern vorbeiquetschen. Normalerweise würde mich solch eine Enge extrem nerven und ich wäre schon ein Nervenbündel, aber hier ist trotz des Platzmangels eine so herzliche und gemütliche Atmosphäre, dass man sich so richtig lebendig fühlt.

»Deine Oma hat so oft von dir erzählt, toll jetzt auch mal das passende Gesicht dazu zu sehen«, plappert er genauso munter drauf los, wie seine Schwester heute Mittag im Laden. Eindeutig miteinander verwandt! Wie jetzt, ihm hat meine Großmutter auch von mir erzählt? Irgendwie fühle ich mich gläsern und habe das Gefühl, dass meine Gegenüber bereits alles über mich wissen. Wie unfair, denn ich weiß überhaupt nichts über meine neuen Nachbarn.

»Na hoffentlich hat sie auch was Gutes über mich berichtet«, antworte ich schmunzelnd und möchte schon wieder im Meer seiner Augen versinken.

»Sie hat dich über alles geliebt, Nelly und kein bisschen übertrieben. Du bist genauso wunderschön, wie sie dich immer beschrieben hat.« Der Anblick seiner strahlend weißen Zähne und der süßen

Grübchen, die sein Lächeln erzeugt, lassen mein Herz dahinschmelzen.

Mir schießt das Blut in den Kopf und ich bekomme heiße Wangen. Zum Glück hängt hier drin inzwischen ein dicker Dunstschleier und es ist sehr schummrig, sodass er hoffentlich die Röte in meinem Gesicht nicht sehen kann.

»Danke für die Blumen.« Wir sitzen so eng beieinander, dass sein Knie leicht an meines stößt. Die kleine Stelle, wo sich unsere Körper berühren, fühlt sich heiß und brennend an und ich kann es beinahe knistern hören.

Während er mir voller Begeisterung von der Insel vorschwärmt und mir alle Sehenswürdigkeiten in ihrer Schönheit plastisch vor Augen führt, hänge ich wie paralysiert an seinen Lippen. Wohlgeformte, samtig weiche Lippen. In diesem Moment stelle ich mir vor, diese sinnlichen Lippen zu küssen, und frage mich, wie sie sich wohl anfühlen mögen.

»Nelly?« Fragend schaut er mich mit seinen blauen Augen an.

Mist, ich habe ihm überhaupt nicht mehr zugehört. Ist mir das peinlich.

»Sorry, was hattest du gerade gesagt, ich war gerade mit meinen Gedanken woanders.«

»Das habe ich gemerkt. Sag ruhig frei heraus, wenn ich dich langweile.« Er verzieht gespielt beleidigt sein Gesicht.

»Oh nein, du langweilst mich überhaupt nicht. Entschuldige bitte. Ich bin nur so furchtbar müde. Es war ein langer Tag für mich.« Das ist noch nicht mal gelogen. Seit über zwanzig Stunden bin ich bereits auf den Beinen und habe nur im Flugzeug etwas Schlaf bekommen.

»Richtig, du bist ja heute erst hier angekommen. Das war unüberlegt von mir. Ich hatte dich gefragt, ob du Lust hast, auf eine Kutschrundfahrt über die Insel. Dann kann ich dir alles zeigen.«

Mein Herz macht einen Sprung und fängt an Samba zu tanzen.

»Klar habe ich Lust dazu. Wann immer du Zeit hast.«

Er will mir die Insel zeigen! Während des restlichen Abends kann ich an nichts anderes mehr denken und male mir in Gedanken aus, wie wir gemeinsam die unberührte, raue Natur erkunden.

Liam ist ein toller Unterhalter. Schon lange habe ich nicht mehr so viel gelacht wie heute Abend. In diesen wenigen Stunden im Pub habe ich die beiden Geschwister sehr in mein Herz geschlossen. Kurz vor der Sperrstunde hat auch endlich Fíonas Freund Feierabend und gesellt sich mit zu uns an Tisch.

»Nelly, hast du etwas dagegen, wenn ich mit zu meinem Freund fahre? Normalerweise würde ich dich nicht allein nach Hause fahren lassen, aber mein Bruder kann dich begleiten.«

»Überhaupt kein Problem. Genießt ihr zwei noch euren Abend.«

»Danke Nelly. Ich bin froh, dass du nicht böse bist.«

Wie sollte ich auch böse sein. Ich freue mich wie ein kleines Kind, dass ich die Gesellschaft ihres Bruders noch ein wenig länger genießen darf. Wir gehen alle vier gemeinsam nach draußen und verabschieden uns dann von Fíona und ihrem Freund Brian. Schließlich machen wir beide uns ebenfalls auf den Weg nach Hause.

Schweigend fahren wir nebeneinander her. Doch dieses Schweigen ist nicht unangenehm. Ganz im Gegenteil, es fühlt sich alles sehr vertraut an, so als ob wir uns schon ein halbes Jahrhundert kennen würden. Verstohlen werfe ich immer wieder Blicke zu ihm herüber und berausche mich an dem Augenschmaus, der sich mir bietet. Sein muskulöser Körper strahlt irgendwie etwas magisches aus, was mich in seinen Bann zieht. Rational für mich in dieser Sekunde nicht nachvollziehbar, fühle ich mich extrem zu diesem mir eigentlich vollkommen unbekannten Mann hingezogen und komme mir vor wie ein verliebter Teenager auf einem Rockkonzert. Als wir an meinem Cottage angelangt sind, steigt auch er von seinem Bike ab und öffnet mir das Tor. Ganz Gentlemen geht er voran bis zu dem kleinen Schuppen und hält mir die Tür auf, damit ich mein Fahrrad hineinschieben kann. Als ich wieder aus dem kleinen Anbau hinaustrete, steht er lässig an die Wand gelehnt und betrachtet den sternenklaren Himmel. Verträumt schaue ich auf sein dichtes, lockiges Haar, das vom Fahrtwind heillos zerzaust in alle Richtungen absteht und habe das innige Verlangen, ihm sanft durch seine Locken zu streichen.

»Schon ein Ufo gesichtet?«, witzele ich, um meine Unsicherheit zu überspielen.

»Nein aber eine Sternschnuppe. Das war bestimmt ein Vorbote der Perseiden.«

»Meinst du, dass wir gleich nochmal eine sehen?«

»Vielleicht. Da oben gibt es aber noch viel mehr zu sehen. Komm her Nelly.« Mein Herz schlägt in einem wilden Rhythmus, als ich ihm ein paar Schritte in meinen Vorgarten folge. Liam stellt sich hinter mich und umfasst mit einer Hand meine Taille, während sein Atem sanft meinen Nacken streift. Der Duft seines Aftershaves raubt mir fast den Verstand und ich kann mich nur schwer auf die Sternbilder konzentrieren, die er mir leidenschaftlich erklärt und zeigt. Fasziniert von seinem astrologischen Wissen schaue ich gebannt in den Nachthimmel und folge der Spur seines Zeigefingers, als ich unerwartet doch noch eine Sternschnuppe entdecke. Freudig quiekend wie ein kleines Kind drehe ich meinen Kopf zu Liam um. »Eine Sternschnuppe! Hast du sie auch gesehen?«

»Ja, ich habe sie auch gesehen. Wünsch dir schnell etwas Nelly.« Ruhig und gelassen schaut er mich mit leicht geneigtem Kopf an. Vermutlich hat er schon so viele Sternschnuppen gesehen, dass dies hier für ihn nichts Besonderes mehr ist.

»Was soll ich mir denn wünschen?« Mit galaktischen Meteorstromwünschen kenne ich mich nun wirklich nicht aus.

»Vollkommen egal. Du darfst mir deinen Wunsch nur nicht verraten, sonst geht er nicht in Erfüllung.«

Ich schließe meine Augen, wünsche mir etwas und hoffe inständig, dass er keine Gedanken lesen kann. Als ich meine Augen wieder öffne, schauen wir uns für einen Moment schweigend an, bevor Liam die Stille unterbricht.

»Ich denke, ich sollte nun auch nach Hause fahren.«

»Ja natürlich! Vielen Dank fürs Nachhausebringen, auch für den wundervollen Abend«, sage ich und meine Stimme klingt dabei heiser und belegt. Ich spüre tatsächlich eine Traurigkeit, die mir den Nacken hochkriecht und sich über mir ausbreiten möchte. Obwohl ich vorerst nichts mehr von Männern wissen wollte, lasse ich nur ungern diesen Traummann weiterziehen, aber ich habe wohl keine Wahl.

»Ich habe den Abend auch sehr genossen und würde mich über eine Wiederholung freuen.«

Unbekümmert lächelt er mich an und ich bemerke zum ersten Mal, dass er absolut süße Grübchen hat, die sich um seine Mundwinkel herum zeigen.

»Okay, abgemacht!« Mein Herz macht einen Freudensprung und ich jauchze innerlich.

»Abgemacht! Schlaf gut Nelly«, antwortet er und dreht sich zum Gehen um.

»Gute Nacht!«, hauche ich ihm hinterher und warte vor meiner Haustür, bis er auf sein Bike gestiegen ist und seine dunklen Umrisse von der Dunkelheit verschluckt werden.

Total erledigt aber glücklich und zufrieden schließe ich die Haustür auf und gehe hinein. Mein Weg führt mich nur kurz ins Badezimmer, wo ich mir fix die Zähne putze und mein Gesicht notdürftig abschminke, denn ich bin so müde, dass ich fast im Stehen einschlafe. Mich zieht es mehr denn je in mein Bett.

Erschöpft lasse ich mich in die duftende und kühle Bettwäsche sinken und schließe meine Lider. Bilder des Abends schieben sich an meinem inneren Auge vorbei und ich merke, wie ich grinse und eine wohlige Wärme sich in meinem Körper ausbreitet. Die funkelnden blauen Augen von Liam glänzen wie ein klarer Bergsee und lächeln mir verführerisch zu, während seine weichen Hände sanft mein Gesicht streicheln. Plötzlich schiebt sich ein anderes Bild dazwischen. Es ist das Gesicht von meinem Ex Max.

Mein Magen verkrampft sich und eine unendliche Leere füllt mich aus. Mir wird schmerzlich bewusst, wie sehr ich ihn trotz allem vermisse. Ich sehne mich nach seinen starken Armen und nach seinem einmaligen Geruch. Warum hat er mir das nur angetan? Er hat mir das Herz herausgerissen, auf den Boden geschmissen und ist dann noch darauf herumgetreten. Heiße Tränen rinnen über meine Wangen und ich weine mich in den Schlaf.

Eine leichte Brise

»Mögest du die Kraft haben, die Richtung zu ändern,
wenn du die alte Straße nicht mehr gehen kannst.«
Irischer Segenswunsch

Mit dröhnenden Kopfschmerzen wache ich am nächsten Morgen auf und spüre einen festen Knoten im Magen. Mir ist schlecht und ich fühle mich noch immer so elend, dass ich am liebsten wieder losgeheult hätte. Lustlos quäle ich mich aus dem Bett und stapfe die Treppen nach unten ins Bad. Mein um mindestens zehn Jahre gealtertes Spiegelbild mahnt mich, besser wieder ins Bett zu gehen, und ich habe Mühe, dem Impuls mich bis an mein Lebensende unter der Bettdecke zu verkriechen, nicht nachzugeben. Stattdessen spritze ich mir eiskaltes Wasser ins Gesicht, hole eine Aspirin aus dem Spiegelschrank und spüle die Tablette mit einer Handvoll Wasser runter. Jetzt muss das Ding nur noch wirken und dann sieht die Welt bestimmt bald wieder besser aus. Immerhin bin ich auf die Insel gekommen, um Max zu vergessen, und nicht um ihm hinterherzutrauern. Das hat dieser arrogante Schnösel überhaupt nicht verdient. Entschlossen aber immer noch müde schlurfe ich in die Küche und schalte die Kaffeemaschine ein.

Während die Maschine mir mein Lebenselixier aufbrüht, öffne ich im Haus alle Fenster und lasse die kühle Morgenluft herein. Vogelgezwitscher in allen möglichen Tonlagen dringt an mein Ohr. Ansonsten herrscht eine friedliche Stille. Mit meinem Kaffeebecher in der Hand trete ich ans Fenster und lausche. In Mannheim habe ich zwar auch Vögel gehört, aber ihr Gesang war immer durchsetzt mit dem typischen Gemisch des Stadtlärms. Diese himmlische Ruhe empfinde ich gerade als sehr heilsam und bekomme plötzlich das Gefühl, dass die Insel mich vor allem Bösen beschützen wird. Ein vollkommen unbekanntes Geräusch erregt meine Aufmerksamkeit. Den Atem anhaltend höre ich genau hin. Es sind die Wellen des Atlantiks, keine 50 Meter vom Haus entfernt befindet sich die Küste.

Auf einmal kommen auch die Erinnerungen zurück. Vor meinem inneren Auge sehe ich meine Oma, wie sie mit mir gemeinsam am Strand kleine runde Steine sucht. Jetzt weiß ich, wie es mir gleich wieder viel besser gehen wird. Nachdem ich meinen Kaffee ausgetrunken habe, gehe ich mich duschen und ziehe mir anschließend dünne Shorts und ein

T-Shirt über. Mit einer zweiten Tasse Kaffee in der Hand mache ich mich auf dem Weg runter ans Meer, um einen ausgiebigen Spaziergang am Strand entlang zu machen. Von der Seeseite aus weht eine leichte Brise und trägt das Aroma von der würzig frischen Atlantikluft mit sich. Das Meer ist heute aufgewühlter als gestern und die Wellen klatschen gegen die schroffen Felsen. Ich ziehe meine Sandalen aus und laufe barfuß über die kleinen runden Kieselsteine. Das ist besser als jede Fußmassage! Der laue Sommerwind zerzaust meine Haare, aber es macht mir überhaupt nichts aus. Im Gegenteil, ich fühle mich lebendig und mit der Natur verbunden, schöpfe Kraft aus dem Rauschen der Wellen und ich lasse mir das salzige Atlantikwasser um meine Knöchel spülen. Mit ausgebreiteten Armen stehe ich im Meer, wende mein Gesicht mit geschlossenen Augen der Sonne zu und sauge die wärmende Energie förmlich in mich auf. Allmählich fallen die Anspannung und die Melancholie von mir ab, ich sehe wieder klarer und erkenne, dass ich richtig gehandelt habe. Für mich und Maximilian gibt es einfach keine Zukunft. Nichts auf der Welt könnte mich dazu bewegen, ihm zu verzeihen. Zu tief sitzt der Stachel der Demütigung.

Meine Gedanken schweifen zu Liam und zu dem gestrigen Abend. Bei der Erinnerung an seine wunderschönen Augen und sein fröhliches Gemüt wird mir wieder warm ums Herz. Nelly, schlag ihn dir aus dem Kopf. Du bist hier, um dein Leben allein auf die Reihe zu bekommen, ohne Männer.

Ich hebe einen kleinen weißen Kieselstein auf, werfe ihn energisch in Richtung Wasser und beschließe, nicht länger an ihn zu denken. Noch einmal so verletzt zu werden könnte ich absolut nicht ertragen.

Als ich an eine hübsche, geschützte Stelle komme, setze mich auf einen winzigen Felsvorsprung. Nachdenklich schaue ich über die unendliche Weite des Atlantiks und überlege, wie es jetzt weitergeht. Ewig werde ich nicht von den Rücklagen meiner Eltern leben können und das möchte ich auch gar nicht. Es war noch nie mein Ding, untätig in den Tag hineinzuleben. Ich brauche eine Aufgabe in meinem Leben, möchte mein eigenes Geld verdienen und auf eigenen Füßen stehen. Natürlich genieße ich den finanziellen Rückhalt, den mir meine Eltern, als Erbe hinterlassen haben. Aber ich möchte von dem Geld so wenig wie möglich antasten, um es für später und für schlechte Zeiten aufzuheben. Wer weiß, was das Leben noch bringt. So bin ich und so haben meine Eltern mich erzogen. Verantwortungsbewusst und sparsam, vernünftig und zielorientiert.

Als ich meinen Job in der Werbeagentur von einem Tag auf den anderen hingeschmissen habe, hat mich hinterher ein unendlich schlechtes Gewissen geplagt. Die Kündigung war eine

Kurzschlusshandlung, doch ich war zu stolz, um sie zu korrigieren. Max hätte mir den Job wieder zurückgegeben. Er hat mir zahlreiche Nachrichten auf dem Anrufbeantworter hinterlassen und mir noch mehr SMS geschickt, mich angefleht wenigstens die Kündigungsfrist einzuhalten, damit er Zeit hat, einen adäquaten Ersatz für mich zu bekommen. Zu dem Zeitpunkt hatten wir einen immens wichtigen Auftrag für eine große Firma. Ich denke schon, dass er in große Zeitnot geraten ist durch meinen Weggang, aber das hätte sich der Idiot früher überlegen können. Soll er doch zusehen, wie er ohne mich klarkommt. Im Bett hat er ja auch passenden Ersatz gefunden. Ich merke, wie die Wut über ihn wieder aufsteigt und sich ein furchtbarer Knoten in meinem Magen bildet. Schnell schiebe ich die Bilder von ihm und der Werbeagentur beiseite.

Früher wollte ich mich immer als Fotografin selbständig machen. Auf Fotomotivsuche war ich schon immer viel lieber als in einem Büro vorm PC an irgendwelchen Grafiken herumbastelnd. Jetzt hätte ich endlich Gelegenheit, diesen Traum zu verwirklichen. Immerhin wohne ich jetzt hier auf einer wunderbaren Insel und könnte meine Fotos an die diversen Verlage für Touristenführer verkaufen. Je länger ich über diese Möglichkeit nachdenke, desto besser gefällt sie mir. Nachdem ich den letzten Schluck Kaffee aus meiner Tasse getrunken habe, mache ich mich gutgelaunt auf den Rückweg zum Cottage. Noch heute werde ich losziehen und erste Fotos schießen.

Dun Aengus

»Auch der schlimmste Schicksalsschlag soll dich nicht in die Knie zwingen, und Glaube und Zuversicht mögen dir dann die STÄRKE geben, nicht aufzugeben.«
Irischer Segenswunsch

Gestärkt mit einem leckeren Frühstück bestehend aus zwei Scheiben Toast und etwas Rührei verlasse ich zuversichtlich mein kleines Cottage. In meinen Rucksack habe ich noch ein paar Sandwiches zusammen mit zwei Flaschen Wasser gepackt. Über meiner linken Schulter baumelt außerdem meine Fototasche, bestückt mit meiner Kamera, einem Wechselobjektiv, Ersatzspeicherkarten und diversen Filtern. Perfekt gerüstet für mein erstes Fotografenabenteuer.

Kurzfristig hatte ich darüber nachgedacht, Liam anzurufen und ihn zu fragen, ob er heute Zeit und Lust hat, mir mit seiner Pferdekutsche die Insel zu zeigen. Mit einem ortskundigen Führer hätte ich es bestimmt um einiges leichter. Aber ich möchte nicht schon wieder meine berufliche Laufbahn mit Hilfe eines Mannes aufbauen. Das schaffe ich auch allein. Außerdem ist ja noch Urlaubssaison und er hat bestimmt alle Hände voll mit den Touristen zu tun. Soll ich das Fahrrad nehmen? Ich zögere kurz, doch dann entschließe ich mich dagegen. Mit dem Fahrrad könnte ich zwar schneller größere Strecken überwinden, aber ich käme nicht so gut überall hin. Wenn ich querfeldein möchte, dann ist es mir nur im Weg und ich müsste es zurücklassen. Also mache ich mich zu Fuß auf den Weg. Mein Ziel ist das Fort Dun Aengus. Auf der Karte habe ich mir einen groben Überblick verschafft und weiß, in welche Richtung ich laufen muss. Wenn meine Kartenlesekunst nicht zu katastrophal ist, dann müsste ich nach einem knapp dreißigminütigen Fußmarsch genau darauf stoßen. Unterwegs werde ich sicher bereits einige tolle Motive entdecken.

Mein Körper kribbelt vor kindlicher Vorfreude. Das letzte Mal war ich vor ungefähr zehn Jahren gemeinsam mit Granny am Fort und ich kann mich kaum noch daran erinnern. Steile Kalksteinklippen ragen über 100 Meter senkrecht hoch aus dem Atlantik, dahinter sind halbkreisförmig die Mauerreste des Forts zu sehen. Einfach atemberaubend. Zum Glück ist es heute nicht so heiß wie gestern. Der Himmel ist durchzogen von feinen Schleierwölkchen, die die Sonnenkraft abmildern.

Dazu weht wie fast immer hier auf Inishmore ein leichter Wind, der die sommerlichen Temperaturen erträglich macht. Ich komme gut voran und nach etwa zwanzig Minuten tut sich vor mir ein Bild von perfekter Schönheit auf. Von einer kleinen Hügelkuppe aus habe ich einen fantastischen Überblick über ein großes Netz der so typischen Trockenmauern. Das Licht ist heute perfekt zum Fotografieren, die Schleierwölkchen sorgen für eine diffuse indirekte Beleuchtung.

Zuversichtlich ziehe ich die Kamera aus der Tasche, nehme den Objektivdeckel ab und prüfe die Einstellungen für Blende und Belichtungszeit. Als alles zu meiner Zufriedenheit eingestellt ist, schieße ich eine ganze Serie Panoramaaufnahmen der Landschaft. Langsam drehe ich mich um meine eigene Achse, um den Blickwinkel zu wechseln, gehe leicht in die Knie und betätige dabei fortwährend den Auslöser. Ich bin zufrieden mit mir und sicher, dass ich einige überragende Aufnahmen im Kasten habe. Die Kamera lasse ich wieder zurück in die Tasche gleiten und mache mich wieder auf den Weg. Mit einem kritischen Blick überprüfe ich den Himmel, ob sich das Wetter auch hält. Hier draußen möchte ich nicht von einem Unwetter überrascht werden. Aber alles sieht gut aus und so setze ich den Weg fröhlich summend fort.

Nach weiteren zehn Minuten habe ich dann doch ein bisschen Bammel, dass mein Orientierungssinn mich verlassen hat. Mein Gefühl sagt mir, dass ich schon längst am Fort Dun Aengus angekommen sein müsste. Jetzt steigt doch etwas Panik in mir auf. So ein Mist, wenn ich mich nun verlaufen habe? Mit zitternden Fingern ziehe ich mein Smartphone aus der Tasche, überprüfe anhand der GPS-Daten den aktuellen Standort und atme erleichtert durch. Das Ziel ist nicht mehr weit von mir entfernt. Hinter der nächsten Biegung geht ein kleiner Trampelpfad rechts ab, den ich nehmen muss. Etwa zehn Minuten laufe ich zwischen hohen Trockensteinmauern entlang, bis sich vor mir ein paar Stufen auftürmen. Geschafft!

Ehrfürchtig stehe ich den Mauerresten von Dun Aengus gegenüber, klettere dann behände auf ein paar aufgetürmte Steine und habe den perfekten Überblick. Von diesem Punkt sieht es fast so aus, als ob das halbe Fort einstmals samt einer gigantischen Klippe ins Meer gestürzt ist. Schnell ziehe ich die Kamera aus der Tasche, korrigiere die Einstellungen entsprechend dem Motiv und den veränderten Lichtverhältnissen und schieße eine Serie von diesen beeindruckenden Mauern. Dann packe ich die Ausrüstung zusammen und beobachte ein paar Touristen, die sich vorsichtig den Klippen nähern und vor Begeisterung quieken.

Der Anblick dieses bronzezeitlichen Steinforts raubt auch ihnen den Atem. Drei gewaltige Trockenmauern aus fast rechtwinklig gehauenen Kalksteinen ziehen sich halbkreisförmig um das Fort. Zwischen dem zweiten und dem dritten Mauerring wurden in mehreren Reihen spitze Steine hochkant in den Boden gerammt. Die spanischen Reiter deuten auf eine Verteidigungsanlage hin. Von meinem Platz aus habe ich eine spektakuläre Sicht über die Bucht von Galway.

Langsam drehe ich mich im Kreis und schaue über das Inselinnere mit seinem Netz auf tausenden kleinen Steinwällen. Plötzlich spüre ich das Verlangen, ebenfalls nah an die Klippen heranzugehen und in den gewaltigen Abgrund zu schauen. Langsam nähere ich mich der Klippenkante, vorsichtig immer einen Fuß mit Bedacht vor den anderen, damit ich bloß über keinen Stein stolpere. Der Wind scheint hier noch viel stärker zu wehen als sonst überall auf der Insel. Ein prickelndes Gefühl macht sich auf meiner Haut breit. Einen Schritt trete ich noch nach vorn an die Kante heran und schaue vorsichtig über den Abgrund. Du heiliges Kanonenrohr ist das tief! Mir wird sofort schwindelig und ich weiche schnell zurück. Ehrfurcht vor der gewaltigen Natur packt mich. Langsam gehe ich in die Hocke und schiebe mich dann wieder vor zur Kante, lege mich flach auf den Bauch und robbe so weit vor, dass ich die Steilklippen hinunter schauen kann. Ein fesselndes Schauspiel, das mir Tränen in die Augen treibt. So schön, so gewaltig und doch so gefährlich. Genau in diesem Moment fühle ich mich lebendiger als jemals zuvor, atme in tiefen Zügen die salzige Luft ein und schaue berauscht auf die schäumenden Wellen die 100 Meter unter mir an die scharfen Felsen klatschen. So ist es also, wenn man sich absolut frei fühlt. Frei von jeglichen Gedanken, frei von Sorgen, frei von Pflichten. In meinem Kopf scheint eine absolute Leere zu sein. Allerdings nicht negativ. Neue Energie durchströmt meinen Körper und jede einzelne Zelle füllt sich mit Glückshormonen. Noch stundenlang könnte ich mich diesem Rausch hingeben. Ich habe jegliches Gefühl für Raum und Zeit verloren, ich schwebe, fühle mich schwerelos.

Wie viel Zeit so vergangen ist, kann ich nicht sagen, aber es muss eine Weile sein, denn die Sonne steht inzwischen schon ziemlich tief und es sind auch keine Touristen mehr zu sehen. Da ich nicht an eine Taschenlampe gedacht habe, muss ich mich schleunigst auf dem Heimweg machen. Also rappele ich mich schweren Herzens wieder auf, schaue nochmal auf die Kartenapp des Smartphones und trete dann den Rückweg an.

Ich könnte die gesamte Welt umarmen und schwebe förmlich auf einer Welle des Glücks, so berauschend waren die letzten Stunden. Gleich morgen möchte ich nach Galway fahren und mir über die Touristeninformation einen Überblick über die entsprechenden Verlage verschaffen, denen ich meine Fotos anbieten könnte.

Während ich über eine Trockensteinmauer klettere, gehe ich im Geiste bereits mögliche Gespräche mit potentiellen Ansprechpartnern bei den Verlagen durch. Vollkommen trunken von einem gigantischen Strom an Ideen, die ich fotografisch umsetzen möchte, bin ich abgelenkt und achte überhaupt nicht mehr darauf, wo ich hintrete. Plötzlich geht alles sehr schnell. Unter meinen Füßen geraten zwei Steine ins Rutschen. Wild mit den Armen rudernd versuche ich, mich auf den Beinen zu halten, finde jedoch mein Gleichgewicht nicht mehr zurück. Die Fototasche rutscht mir vom Arm und schlägt auf einem Felsen auf und eine Millisekunde später befinde auch ich mich im freien Fall und lande auf besagtem Felsen. Noch bevor ich den Schmerz spüre, wird um mich herum alles schwarz.

Selbst auf Inishmore gibt es einen Arzt!

*»Ich wünsche dir die Stärke, die Dinge zu akzeptieren,
die man nicht ändern kann.«*
Irischer Segenswunsch

Als ich wieder erwache, weiß ich im ersten Moment nicht, wo ich mich befinde. Mein Kopf dröhnt und fühlt sich dumpf an. Dann erinnere ich mich an den Sturz. Oh Gott, die Kamera! Panisch sehe ich mich um, kann sie aber nicht entdecken. Den Rucksack habe ich noch auf dem Rücken. Vorsichtig streife ich ihn mir über die Schultern, taste dann die brennende Stelle an meiner Stirn ab und spüre eine dicke Beule. Na toll, ich bin auf den Kopf gefallen. Hoffentlich habe ich keine Gehirnerschütterung. Taumelig hole ich das Handy aus der Tasche und begutachte mithilfe der Kamerafunktion meine Kopfverletzung. Eine Platzwunde über der linken Augenbraue, sie hat ziemlich stark geblutet, aber inzwischen ist sie verkrustet und das Blut geronnen. Muss das genäht werden? Sieht auf jeden Fall übel aus. Benommen fasse ich nochmal vorsichtig über die Verletzung und frage mich im nächsten Moment, wie lange ich ohnmächtig war. Ich kann mich nicht mehr genau erinnern, wann ich am Fort losgelaufen bin, aber komme zu dem Schluss, dass ich nicht länger als 20 Minuten da gelegen haben kann. Die Sonne hat den Horizont fast erreicht, es wird Zeit, dass ich nach Hause komme und mich verarzte. Damit ich mich beim Aufstehen mit meinen Händen abstützen kann, drehe ich mich leicht auf die Seite.

Autsch! Verdammt!

Ein höllisch stechender Schmerz durchzieht meinen rechten Knöchel und ich falle direkt wieder auf den Hintern. Erst jetzt werden mir die pochenden Schmerzen, die in meinem Fuß wüten, bewusst. Vorsichtig öffne ich die Schuhe, streife den Socken nach unten. Mein Knöchel präsentiert sich in den schillerndsten Farben und ist auf etwa doppelte Größe angewachsen. Auch das noch! Wie soll ich es nun nach Hause schaffen? Also krame ich wieder das Handy hervor, doch sofort wird mit klar, dass ich überhaupt nicht weiß, wen ich anrufen soll. Ich kenne hier nur die Familie Buckley und habe von ihnen bisher keine Telefonnummer. Also den Notruf. Mit zittrigen Fingern wähle ich die 999 und dann - alles schwarz!

Das darf doch jetzt nicht wahr sein! Ich habe vergessen, das Ding nochmal aufzuladen, und jetzt ist der Akku leer. Diese blöde Kartenapp und das GPS haben zu viel Strom verbraucht. Entmutigt lasse ich mich zurück ins feuchte Gras sinken. Der torfige Geruch der Erde steigt mir in die Nase und erinnert mich an prasselnde Kaminfeuer in meiner Kindheit. Wenigstens mit Regen ist in den nächsten Stunden nicht zu rechnen, aber die Dämmerung setzt langsam ein. Jetzt bekomme ich Angst, so richtige Angst. Hier draußen so allein im Dunkeln. Irgendwie muss ich es schaffen, trotz des kaputten Fußes nach Hause zu kommen. Okay Nelly, du reißt dich jetzt mal ein wenig zusammen, jammern kannst du dann zu Hause. Ich atme tief durch, dann halte ich die Luft an, nehme all meine Kraft zusammen und versuche aufzustehen. Die Schmerzen, die im nächsten Augenblick durch den Knöchel schießen, sind unbeschreiblich. Mein Schrei geht mir selbst durch Mark und Bein und ich lasse meinen Tränen jetzt freien Lauf. Bis nach Hause kann ich es so auf keinen Fall schaffen. Was, wenn ich die ganze Nacht hier draußen verbringen muss? Etwas zu trinken habe ich noch im Rucksack, aber die Sandwiches habe ich vorhin schon gegessen. Müde schließe ich die Augen und denke angestrengt nach, was ich tun soll. Zu einem Ergebnis komme ich nicht. Erschöpft vom Weinen und von den Schmerzen lege ich mich nach hinten, um eine Weile auszuruhen, bevor ich einen weiteren Versuch starte aufzustehen. Total ausgelaugt habe ich das Gefühl in einem warmen Strudel zu schwimmen, der mich immer weiter nach unten in die Tiefe zieht.

Ob ich geschlafen habe und wie lange, kann ich nicht sagen, aber ich fühle plötzlich, wie eine sanfte Berührung an meiner Wange in mein Bewusstsein dringt. Unter äußerster Kraftanstrengung öffne ich die Augen und versinke in einem hellblauen Gebirgssee. Mein Herz hämmert sofort einen anderen Rhythmus und pumpt das Blut schneller durch den Körper. Liam streichelt mir immer noch sanft die Wange und schaut mir dabei besorgt in die Augen.

»Was ist passiert Nelly?«, fragt er, als er sieht, dass ich wieder wach bin.

»Ich bin gestürzt.« Meine Stimme klingt rau und brüchig. Erst jetzt merke ich, dass ich am Verdursten bin.

»Wir wollten doch gemeinsam die Insel erkunden. Jetzt hast du den Salat.« Kopfschüttelnd streicht er dabei sanft über die Platzwunde an der Stirn. Seine Berührung lässt eine heiße Spur auf meiner Haut zurück. Wie elektrisiert starre ich ihn an, unfähig etwas zu sagen.

»Bist du, außer am Kopf noch irgendwo verletzt? Kannst du aufstehen?«

Ich nicke und deute mit der Hand in Richtung Fuß. »Mein Fuß. Ich glaube, er ist gebrochen.«

»Komm, setz dich erstmal auf, ich schau mir deinen Fuß gleich an.« Behutsam fasst er mir unter die Arme, zieht meinen Oberkörper in eine aufrechte Position und schiebt mir den Rucksack zur Unterstützung in den Rücken. Der Duft seines Aftershaves raubt mir fast den Verstand. Sein Körper strahlt eine wunderbare Hitze aus und ich habe das Bedürfnis, meine Arme um seinen Hals zu schlingen. Er dreht sich um und nimmt vorsichtig meinen Fuß ein Stück hoch.

»Das sieht wirklich übel aus. Damit müssen wir in ein Krankenhaus.«

Ich schluchze auf. »Nein, bitte nicht. Ich mag keine Krankenhäuser.«

Zärtlich umschließt er den Knöchel und streicht mit seinen Fingern über die Schwellung. Oh Mann, wenn es nicht so wehtun würde, würde ich jetzt vermutlich die Kontrolle über meine Sinne verlieren. Es kribbelt so schon wie verrückt im Bauch. Vorsichtig dreht er den Fuß und bewegt ihn vor und zurück.

»Tut das weh?«

Ich verziehe das Gesicht und ziehe scharf die Luft ein. Auf keinen Fall möchte ich vor ihm losheulen, aber es tut saumäßig weh.

»Ja es tut höllisch weh«, presse ich zwischen den Zähnen hindurch.

»Du kannst auf keinen Fall mehr laufen. Meine Pferdekutsche steht nur 100 Meter von hier entfernt auf dem Weg. Da hast du nochmal Glück gehabt, dass ich dich hier aufgegabelt habe.«

»Wie hast du mich hier überhaupt gefunden?«

»Ich habe Touristen zu ihrer Unterkunft an der westlichen Inselspitze gebracht und war auf dem Weg nach Hause, als die Pferde hier gescheut haben. Ich hielt an, um zu schauen, wo das Problem liegt und da habe ich etwas Rotes durch die Mauern schimmern sehen. Tja und das Rot entpuppte sich dann als der Pulli meiner wunderschönen Nachbarin. Du hast großes Glück, dass es noch nicht vollständig dunkel ist.«

»Ich bin dir unendlich dankbar. Ohne dich hätte ich vermutlich die ganze Nacht hier draußen verbringen müssen. Ich weiß gar nicht, wie ich das wieder gut machen kann.«

»Indem wir den gestrigen Abend nochmal wiederholen und du beim nächsten Versuch, die Insel zu erkunden, mich als Begleitung mitnimmst.« Er lächelt mich sanft an und beugt sich plötzlich zu mir herunter. Was hat er vor?

Im nächsten Moment haucht er mir einen zärtlichen Kuss auf die gesunde Stirnseite und streicht mir anschließend eine Locke aus dem Gesicht.

»So und jetzt trage ich dich zur Kutsche und dann lassen wir deine Verletzungen genauer untersuchen.«

Mit diesen Worten schnappt er sich den Rucksack und zieht ihn über seine Schulter. »Keine Angst, ich bin vorsichtig.« Mit Leichtigkeit hebt er meinen Körper vom Boden hoch und trägt mich den leichten Abhang hinunter zur Straße. Einen Arm um seinen Hals geschlungen, atme ich seinen Duft ein und werfe verstohlen einen Blick auf sein Profil. Er hat eine wunderschön geformte Nase und ein kräftiges Kinn. Anders als gestern Abend sprießen heute auch winzige Bartstoppeln.

»So, da sind wir schon. Kannst du sitzen?«

Ich nicke und er setzt mich behutsam auf eine Bank seiner Kutsche. Eigentlich schade, dass die Kutsche so nah an meiner Unfallstelle steht. Ich hätte überhaupt nichts dagegen gehabt, noch ein bisschen länger in Liams Armen zu liegen.

»Meine Fototasche. Ich hatte die Kamera dabei und habe sie beim Sturz verloren. Sie muss noch da oben liegen.« Verzweifelt schaue ich ihn an und hoffe, dass er nochmal zurückgehen wird, um danach zu suchen. Ohne die Kamera ist mein Traum hier als Fotografin eine neue Existenz aufzubauen gleich wieder geplatzt.

»Ich suche deine Kamera. Mach dir keine Sorgen. Alles soweit okay bei dir? Brauchst du im Moment etwas?«

»In meinem Rucksack habe ich Wasser.«

Rasch reicht er mir die Flasche und lässt mich anschließend allein, um nach dem Fotoapparat zu suchen. Eine halbe Ewigkeit später sehe ich ihn wieder den Abhang runterkommen. Glück gehabt, er hat die Kameratasche. Sein Gesichtsausdruck lässt allerdings Schlimmes ahnen. Mein Magen verkrampft sich, als er betrübt zu mir in die Kutsche steigt.

»Es tut mir so leid, Nelly. Deine Kamera ist bei dem Sturz kaputtgegangen.« Mit betretener Mine hält er mir die Tasche hin mit dem, was von der Kamera noch übrig ist. Jetzt kann ich die Tränen nicht mehr vor ihm zurückhalten und weine hemmungslos.

»Nein, nicht weinen Nelly.« Er schließt mich fest in seine Arme und wiegt mich sanft hin und her. Mein Kopf ist fest gegen seinen Brustkorb gepresst und ich kann seinen Herzschlag hören. Das kräftige und gleichmäßige Pochen beruhigt mich nach und nach, sodass meine Tränen schließlich versiegen.

»Hauptsache ist doch, dass dir nichts passiert ist.« Sanft küsst er meine Tränen von der Wange, streicht mir eine verirrte Haarsträhne aus dem Gesicht und schaut mich liebevoll an. »Geht es wieder?«

Zögerlich nicke ich ihm zu und bin hin und hergerissen zwischen der Trauer um die Kamera und dem wunderbaren Gefühl, das seine Küsse in meinem Gesicht gerade hinterlassen haben.

»Dann lass uns jetzt losfahren, damit du schnell versorgt wirst.« Er geht nach vorn auf die Kutsche und gibt den Pferden das Zeichen, loszufahren. Während ich hier hinten durchgeschüttelt werde, überlege ich, ob es auf dieser kleinen Insel wohl einen Arzt oder eine Krankenstation gibt. Was, wenn der Fuß wirklich gebrochen ist?

»Wie sieht die ärztliche Versorgung auf Inishmore aus?«, rufe ich nach vorn. Amüsiert lacht er laut auf, bevor er sich zu mir umdreht und antwortet. »Darüber machen sich viele Touristen Sorgen. Wir haben in Kilronan ein medizinisches Zentrum. Dort gibt es sogar einen Arzt, eine Krankenschwester und auch eine Apotheke. Ich bring dich jetzt aber erstmal zu uns nach Hause. In deinem Zustand möchte ich dich nicht unnötig weit transportieren.«

Zu ihm nach Hause? Ach du Schreck. Der erste Besuch im Haus meiner neuen Nachbarn und ich habe Dreck im Gesicht sowie eine zerrissene Hose. Irgendwie ist mir das jetzt unangenehm.

Die Kutsche hält an und ich spähe hinüber zu dem zweistöckigen Cottage mit leuchtend gelben Fensterrahmen. Der Garten vorm Haus ist so klein wie meiner, liebevoll bepflanzt und gepflegt. Liam holt mich von meinem Platz und trägt mich hinüber zum Haus. Der Duft von Sommerblumen steigt mir zart in die Nase und ich schließe kurz die Augen. Seine starken Arme fühlen sich gut an und am liebsten würde ich mich noch meilenweit von ihm tragen lassen.

»Ach du Gott, Nelly! Was ist passiert?« Fíona stürmt atemlos aus dem Haus.

»Zum Glück habe ich diesen Unglücksraben gefunden. Sie ist gestürzt und ihr Knöchel ist verletzt«, antwortet ihr Bruder.

»Ich rufe Doktor Fitzpatrick an. Bring sie erstmal ins Haus.« Sie greift nach ihrem Handy und wählt hektisch eine Nummer, während mein heldenhafter Retter mich hinein trägt. Behutsam legt er mich auf einer Couch ab und kniet sich vor mich.

»Wie geht es dir jetzt? Hast du starke Schmerzen?« Sanft schauen mich seine Augen an und ich schmelze dahin. Mehr als zu einem Nicken bin ich nicht fähig und starre benommen auf seine weichen Lippen. Wie gern würde ich sie jetzt küssen.

»Ich bin gleich wieder da.« Mit diesen Worten verlässt er das Wohnzimmer und ich höre ihn irgendwo im Haus klappern. Seine Schwester kommt ins Zimmer und lässt sich in einen Sessel fallen.

»Doktor Fitzpatrick ist unterwegs. Was machst du nur für Sachen, kaum dass du auf der Insel bist?«

Aufgelöst erzähle ich ihr von den Plänen, mich hier als Fotografin selbständig zu machen und dass ich heute voller Elan die ersten Fotos geschossen habe. Als ich von der zerstörten Kamera berichte, stehen mir die Tränen im Auge.

»Die Kamera kann man ersetzen, Süße. Jetzt werd erstmal wieder fit und dann sehen wir weiter. Ich habe da schon so eine Idee.« Sie schmunzelt mich vielsagend an und drückt mir dabei fest meine Hand.

In diesem Moment stürzt atemlos Mrs. Buckley ins Wohnzimmer. Zumindest gehe ich davon aus, dass sie es ist, denn Liam und seine Schwester sind dieser Frau wie aus dem Gesicht geschnitten.

»Liam hat mir gerade erzählt, was passiert ist. Mein armes Kind, wie geht es dir denn?« Besorgt steht sie vor dem Sofa, auf dem ich liege und beugt sich zu mir herunter. Etwas überrumpelt von ihrer mütterlichen Fürsorge blinzle ich sie perplex an und will gerade zu einer Antwort ansetzen, als sie auch schon weiterredet.

»Wie unhöflich von mir. Ich habe mich ja noch gar nicht vorgestellt. Noreen Buckley, die Mutter von Liam und Fíona. Ich freue mich so, dich auch endlich kennenzulernen, Nelly.« Warmherzig lächelnd streckt sie mir ihre vom vielen Spülwasser raue Hand entgegen.

»Ich freue mich auch, Mrs. Buckley, auch wenn ich nicht gerade den besten Eindruck mache.« Mit zerknirschtem Gesichtsausdruck deute ich auf die zerrissene Hose.

Mit einer raschen Handbewegung winkt sie ab. »Mach dir darüber mal keinen Kopf. Jetzt waschen wir dir erstmal den ganzen Schmutz ab.« Mit diesen Worten verschwindet Mrs. Buckley in der Küche um kurz darauf mit einer Schüssel Wasser und einem

Waschlappen zurückzukommen. Vorsichtig entfernt sie nach und nach den Matsch aus dem Gesicht und ich beiße tapfer die Zähne zusammen, denn die Platzwunde an der Stirn und eine Schürfwunde auf der Wange brennen höllisch, als Mrs. Buckley vorsichtig mit dem feuchten Lappen darüber wischt.

»So gefällst du mir schon viel besser, mein Kind.« Sie tätschelt mir zärtlich die gesunde Wange und macht dann Platz für Liam, der gerade wieder ins Zimmer gekommen ist.

»Ich habe dir etwas zum Kühlen geholt.« Vorsichtig presst er mir ein mit Eiswürfeln gefülltes Geschirrtuch auf meinen geschwollenen Knöchel. Das tut gut. Inzwischen kann ich die Schmerzen kaum noch aushalten und möchte gern laut schreien.

»Ich geh mal schauen, wo der Doktor bleibt.« Fíona steht auf und zwinkert mir beim Rausgehen zu. Ehrlich gesagt bin ich froh, dass sie und ihre Mom gegangen sind, so kann ich noch einen Moment allein die Gegenwart von Liam genießen. Verstohlen mustere ich sein Profil und lasse meine Augen dann an seinem Körper nach unten wandern. Er trägt ein hautenges Shirt, durch das sich seine wohlgeformten Muskeln abzeichnen, eine dunkelblaue Jeans und schwere Boots. Sein dichtes lockiges Haar ist inzwischen verwuschelt und verleiht ihm einen verwegenen Ausdruck.

Doch jemand stört mich in meinen Betrachtungen - die Tür geht auf und ein hochgewachsener schlaksiger Mann betritt den Raum. Mit seinen stoppelig kurz geschnitten und an den Schläfen bereits ergrauten Haaren, schätze ich ihn auf Mitte bis Ende vierzig, bin mir aber absolut nicht sicher. Im Einschätzen vom Alter meiner Mitmenschen bin ich eine totale Niete. Kaum ist er an das Sofa herangetreten, redet er schnell im Inseldialekt auf mich ein. Boah, ich habe kein Wort verstanden! Vollkommen überrascht und überrumpelt schaue ich Liam an. Er erkennt sofort meine missliche Lage und übersetzt, nachdem er dem Arzt erklärt hat, dass ich gestern erst aus Deutschland angekommen und mit dem Inseldialekt noch nicht so vertraut bin. Der Doktor nickt wissend und entschuldigt sich bei mir.

»Ich werde langsamer sprechen, damit Sie mich verstehen, Miss ...?« Er hebt fragend eine Augenbraue.

»Nolan. Mein Name ist Annaelle Nolan.« Erleichtert, seinen Worten jetzt folgen zu können, strecke ich ihm meine Hand entgegen, die er auch sogleich ergreift und herzlich schüttelt.

»Na dann will ich mir mal Ihre Verletzungen anschauen«, sagt er mit dem typisch fröhlichen Ärztesingsang und stellt seine Tasche neben der Couch ab. Er begutachtet die Platzwunde an der Stirn und schaut sich anschließend eingehend den violettverfärbten Klumpen an, der früher mal mein Fuß gewesen war. Die kleinste Berührung reicht schon aus, dass ich aufstöhne und das Gesicht schmerzerfüllt verziehe.

»Ich versorge Ihre Platzwunde, aber danach müssen Sie leider nach Galway ins Krankenhaus. Ihr Fuß ist mit großer Sicherheit gebrochen und ich kann nicht ausschließen, dass er auch operiert werden muss.«

Die Schockwelle, die mich gerade erfasst, ist gewaltig. Die Kamera ist hin und nun auch noch mein Fuß kaputt. Sieht so aus, als ob mein neues Leben unter keinem guten Stern steht. Entmutigt zucke ich mit den Schultern, denn zu weiteren Reaktionen bin ich gerade nicht fähig. Inzwischen ist mir alles egal, Hauptsache die Schmerzen gehen bald weg. Liam greift nach meiner Hand und streichelt sie zärtlich.

»Ich werde dich begleiten. Mach dir keine Sorgen Nelly.«

»Nein«, ich schüttele energisch den Kopf, was mir prompt einen Schwall Übelkeit und ein Hämmern in meinem Schädel einbringt, »das ist wirklich nicht nötig. Du hast sicherlich etwas Besseres vor.«

»Scht.« Sanft legt er mir seinen Zeigefinger auf die Lippen und lächelt. »Keine Widerrede.«

Na gut, wenn er unbedingt seine Zeit mit einer tollpatschigen, das Unglück anziehenden Frau wie mir, verbringen möchte, ich werde ihn nicht abhalten.

Insgeheim tanzen die Schmetterlinge in meinem Bauch Samba und singen die ganze Zeit: *Er mag mich, er mag mich, er mag mich.* Warum würde er sonst mitkommen wollen? Zack, da sind sie wieder, die Zweifel, die mir schon immer das Leben schwer gemacht haben. Vielleicht ist er nur höflich und sieht es als seine Pflicht an, weil er mich gefunden hat und weil er mein Nachbar ist. Oh Nelly, sei nicht so dumm und bilde dir darauf etwas ein. Du wirst dir die Finger verbrennen.

Der Doktor fummelt mir inzwischen im Gesicht herum und klebt kleine Pflaster-Stripes über die Platzwunde, nachdem er sie mit Alkohol gereinigt hat. Anschließend legt er mir einen Zugang am Handrücken und spritzt ein Schmerzmittel. Während er mit seinem Gesicht nah an meinem ist, komme ich nicht umhin, den Doktor genauer zu betrachen und bewundere seine babyglatte Haut. Was würden wir Frauen für so eine feinporige und faltenfreie Haut alles geben? Um sein Kinn herum kann ich noch nicht mal eine Spur von einem Bartwuchs erkennen. Entweder hat er sich vor einer halben Stunde frisch rasiert oder aus irgendwelchen hormonellen Gründen generell keinen Bartwuchs. Sein Gesicht hat überhaupt sehr feine und weibliche Züge, schmale Lippen und hohe Wangenknochen.

»Mehr kann ich hier nicht für Sie tun. Ich fordere jetzt den Hubschrauber an und dann fahren wir zum Flugplatz.«

In diesem Moment kommt Mrs. Buckley mit einem Tablett ins Wohnzimmer. »Ich habe für alle eine Tasse Tee gekocht. So viel Zeit ist doch sicherlich noch, oder?« Fragend schaut sie zu Doktor Fitzpatrick, der ihr mit einem Kopfnicken antwortet. »Der Hubschrauber wird erst in etwa einer halben Stunde einsatzbereit sein.«

So sitzen wir alle gemeinsam vor dem prasselnden Kaminfeuer, trinken Schwarztee und ich fühle mich trotz meiner misslichen Lage geborgen, so als wäre ich ein Teil dieser Familie. Von der wohligen Hitze des Feuers und dem würzigen Torfgeruch aus dem Kamin eingelullt lasse ich vor Schreck fast meine Tasse fallen, als Doktor Fitzpatrick sich plötzlich erhebt und zum Aufbruch mahnt.

»Arme Nelly, der Schock sitzt sicher noch ganz tief, dass du so geschwächt bist.« Mrs. Buckley ist aufgesprungen und hat mir im letzten Moment die Tasse abgenommen, bevor sie in unzählige Scherben auf dem Dielenboden zersprungen wäre. Liam und der Doktor fassen mir links und rechts unter die Arme und helfen mir anschließend nach draußen in das Auto des Arztes. Er ist einer der wenigen hier auf der Insel, die den Luxus genießen und mit einem Auto fahren. Die meisten Insulaner und auch Touristen nutzen das Fahrrad oder die Pferdekutsche als Fortbewegungsmittel.

Liam setzt sich zu mir auf die Rückbank und legt während der Fahrt seinen Arm um meine Schulter. Hoffnung keimt in mir auf, dass er mich doch ziemlich gern haben könnte und nicht nur aus reiner Höflichkeit mit ins Krankenhaus kommt. Ich schließe die Augen und genieße die Wärme, die sein muskulöser Körper ausströmt.

Mit Krücken laufen will gelernt sein

»Möge sich stets ein TOR auftun in den Momenten,
wo du es am meisten brauchst.«
Irischer Segenswunsch

Als wir am Flugplatz ankommen landet gerade der Hubschrauber. Die Rotoren verbreiten einen Höllenlärm, den ich als Vibration im Magen spüren kann. So langsam bekomme ich richtig Muffensausen. Zum einen bin ich noch nie in einem Hubschrauber geflogen. Flugzeug, ja klar, aber ein Hubschrauber, das ist was vollkommen anderes. Zum anderen habe ich eine Höllenangst, dass mein Fuß operiert werden muss. Es ist nicht so, dass ich mir Sorgen darüber machen muss, länger auszufallen, und mir keinen neuen Job suchen kann. Meine Eltern haben mir genug Geld hinterlassen, von dem ich eine ganze Weile leben kann. Aber ich habe eine Heidenangst vor der Narkose.

Mein kleiner Bruder wurde mit 7 Jahren am Blinddarm operiert. Reine Routine. Doch diesen Tag werde ich im Leben nie wieder vergessen. Wir waren alle im Wartebereich der Klinik versammelt und warteten darauf, dass mein kleiner Bruder aus der Narkose aufwacht. Doch das tat er nicht. Als der zuständige Arzt zu meinen Eltern trat und ihnen mitteilte, dass es zu Komplikationen gekommen ist und mein Bruder die Narkose nicht vertragen hat, ist meine Mama zusammengebrochen und hat die gesamte Klinik zusammengeschrien. Diese alles durchdringenden Schreie gingen mir damals durch Mark und Bein und auch heute noch kann ich sie hören.

Mir fröstelt und ich habe eine Gänsehaut. Mit Sicherheit nicht vom starken Wind der Rotorblätter.

»Wir können jetzt an Board, Miss Nolan«, holt mich der Arzt aus den Erinnerungen und stützt sogleich meine Seite. Liam eilt zur anderen Seite und gemeinsam hieven die beiden mich in das metallene Ungetüm. Doktor Fitzpatrick verabschiedet sich und wünscht mir viel Glück.

Als der Hubschrauber vom Boden abhebt, steht er draußen auf dem Rollfeld und reckt beide Daumen in die Höhe. Irgendwie süß, finde ich.

Der Flug nach Galway war glücklicherweise dann doch nicht so schlimm, wie ich befürchtet habe. Mein Retter in der Not hielt mir die ganze Zeit die Hand, während er meine Laune mit kleinen Touristen-Anekdoten aufbesserte. Da das

Schmerzmittel von Doktor Fitzpatrick sehr schnell wirkte, konnte ich sogar über die lustigen Geschichten lachen. Doch jetzt kriecht die Panik mir wieder den Nacken hoch und manifestiert sich in meinem Hirn. Wir sitzen in der Notaufnahme und warten darauf, dass der Fuß geröntgt wird. Der diensthabende Unfallarzt hat mich bereits eingehend untersucht und die Versorgung der Platzwunde für gut befunden.

»Da hat der Kollege saubere Arbeit geleistet«, waren seine Worte. Ob ich nun in den OP muss oder nicht, soll das Röntgenbild zeigen.

»Ich habe überhaupt keine Sachen dabei, falls ich hierbleiben muss«, fahre ich plötzlich erschrocken aus meinen Gedanken hoch.

»Darüber mach dir mal keine Sorgen. Ich kann dir einen Koffer packen und dir die Sachen morgen vorbeibringen. Und bis dahin stecken sie dich in ein sexy Krankenhaushemd.« Er grinst mich frech an und ich kann nicht anders und muss laut losprusten. Max hat mich schon seit längerem nicht mehr so zum Lachen gebracht. Schnell schiebe ich den Gedanken an meinen Ex ärgerlich beiseite. Ich genieße Liams lockere und fröhliche Art und habe das Gefühl, als kennen wir uns bereits seit Ewigkeiten, und nicht erst seit gestern.

Eine Krankenschwester kommt und holt mich zum Röntgen ab. Nur sehr schwer kann ich mich von meinem Traummann losreißen, denn ich schwebe auf

Wolke 7 und habe inzwischen alle Zweifel weggewischt. Es liegt eindeutig auf der Hand: Er mag mich.

Ungeduldig lasse ich die Untersuchungsprozedur über mich ergehen, während meine Gedanken nur um diesen Mann kreisen. Vielleicht hält mich der eine oder andere gerade für verrückt, aber während ich hier auf dem Tisch liege und mich nicht bewegen darf, male ich mir in Gedanken ein Leben mit Liam aus. Wie wir morgens gemeinsam am Frühstückstisch sitzen und ich ihm frisch gebrühten Kaffee einschenke, während er mir ein duftendes Brötchen aufschneidet. Anschließend verlassen wir fröhlich das Haus, küssen uns innig und gehen unserer Arbeit nach. Nur zu dumm, dass ich nicht erkennen kann, was meine Arbeit ist.

Mist, verdammter! Der Gedanke an die kaputte Kamera nagt an mir. Klar könnte ich mir vom Geld meiner Eltern eine Neue kaufen. Aber ich habe mir geschworen, das Geld nur im allergrößten Notfall anzurühren und auf eigenen Beinen zu stehen. In der Beziehung bin ich eigen und extrem vorsichtig. Ich fühle mich einfach sicherer, wenn ich für den Notfall ein Geldpolster habe. Also werde ich mir vorerst einen Job suchen müssen, mir von dem verdienten Geld irgendwann eine neue Kamera kaufen und dann kann ich meinen Plan weiterverfolgen. Ich bin nicht eine dieser verzogenen Gören, die sich auf den

Lorbeeren ihrer Eltern ausruht und das Leben als Partygirl genießt.

»Das war's schon. Sie dürfen wieder aufstehen«, ruft mir die Schwester zu und ich klettere aus eigener Kraft zurück in den Rollstuhl. Eine Minute später rollt sie mich wieder zu Liam.

Während wir darauf warten, dass ein Arzt vorbeischaut und mich über den Zustand meines Fußes aufklärt, bekomme ich weitere lustige Touristengeschichten zu hören. Ich hänge förmlich an seinen Lippen und kann gar nicht genug von seiner tiefen, aber weichen Stimme bekommen. Irgendwann landen wir bei Geschichten aus der Kindheit und er wartet mit einer Reihe witziger Jugendsünden auf. »… und so kam ich zu dieser winzigen Narbe.« Grinsend fasst er sich an die Stirn, wo ich eine hauchdünne, blass schimmernde Linie entdecke.

»Die ist aber wirklich winzig. Ehrlich gesagt, habe ich sie bis eben noch gar nicht an dir bemerkt.« Sanft streiche ich mit dem Zeigefinger über die unscheinbare Narbe.

»Dann hast du mich folglich bis jetzt noch nicht genau angesehen.« Gespielt beleidigt zieht er einen Schmollmund, verschränkt beide Arme und dreht sich von mir weg.

»He, das ist gar nicht wahr. Ich kann überhaupt nicht genug bekommen, von deinen blauen Augen.«

Die Augen zu Schlitzen zusammengekniffen schaut er mich nun wieder an. »So so! Na wenn das so ist, kann ich dir ja nochmal verzeihen. Aber nur unter einer Bedingung.« Belustigt hebt er eine Augenbraue.

»Und die wäre?«, frage ich skeptisch.

»Nachdem ich dir meine Jugendsünden gestanden habe, bist du nun dran.«

»Oh nein. Das kommt überhaupt nicht infrage.« Abwehrend hebe ich die Hände hoch.

»Gekniffen wird nicht, Nelly. Du kommst nicht drumherum. Ich will jedes noch so dunkle Geheimnis von dir wissen.« Feixend hält er mir ein imaginäres Mikrofon unter die Nase, sodass ich laut loslachen muss.

»Okay, okay! Du hast gewonnen. Ich gebe mich geschlagen. Lass mich mal nachdenken.« Während ich überlege, welche Story aus meiner Kindheit nicht zu peinlich für Liams Ohren ist, trommelt er provokant ungeduldig mit seinen Fingern auf meinem Oberschenkel.

»Das wird bestimmt nicht dazu beitragen, dass mir schneller etwas einfällt.« Mit dem Kopf deute ich auf seine Hände und muss schmunzeln, als mir nun doch eine witzige Geschichte einfällt. »Ich war damals, glaub ich, acht oder neun Jahre alt. Meine Freundin und ich wir spielten Schönheitssalon und sie kam plötzlich mit einem Glas Honig ins Kinderzimmer. Sie sagte, dass Honig schön macht und kippte mir den kompletten Inhalt des Glases über mein Haar.« Schockiert sieht Liam mich an und prustet dann los. »Das ist nicht dein Ernst?«

»Doch, mein voller Ernst. Meine Mutter hat über eine Stunde gebraucht, um das klebrige Zeugs wieder aus den Haaren auszuwaschen.« In diesem Moment kommt glücklicherweise der Doktor um die Ecke und erlöst mich von der Pflicht, fatale Geschichten aus meiner Jugend zum Besten zu geben.

»Miss Nolan, Sie haben noch einmal richtig Glück gehabt. Bei ihrer Verletzung handelt es sich um einen einfachen Bruch knapp oberhalb des Sprunggelenkes. Wir brauchen nicht zu operieren.«

Erleichtert atme ich aus und schlinge spontan meine Arme um Liam. Der Geruch seines Aftershaves benebelt mir total die Sinne. Sein gleichmäßiger Herzschlag dringt an mein Ohr und verspüre den Wunsch, nie mehr loszulassen.

»Siehst du. Es wird alles wieder gut.« Liam nimmt mein Gesicht zwischen seine Hände, drückt mir einen Kuss auf die Stirn und streicht anschließend sanft über das winzige Pflaster auf der Augenbraue.

»Dann lassen Sie uns jetzt mal in den Gipsraum fahren«, unterbricht der Arzt unsere Zweisamkeit. Enttäuscht gebe ich meinen Traummann frei und lasse mich ohne Widerstand von ihm wegrollen. Als ich mich nochmal kurz umsehe, wirft er mir tatsächlich ein Luftküsschen zu. Mein Herz schlägt Purzelbäume und ich bekomme das Grinsen nicht mehr aus dem Gesicht weg. Nachdem ein Schmerzmittel nachgespritzt wurde, wird der Bruch gerichtet und der Fuß eingegipst. Wahnsinn, mit so einem Klumpfuß sehe ich ja richtig sexy aus, denke ich sarkastisch.

»Wie lange muss der dran bleiben?«, will ich von dem Arzt wissen.

»Nach vier bis fünf Wochen schauen wir nach, wie gut alles verheilt ist. Ich denke, dann können wir den Gips durch eine Schiene ersetzen.«

Entnervt verziehe ich das Gesicht, was dem Arzt ein Schmunzeln entlockt.

»Nach zwei bis drei Monaten sind Sie wieder wie neu, keine Sorge Miss Nolan.« Er klopft mir aufmunternd auf die Schulter und geht anschließend an den Medikamentenschrank, um mir daraus eine Schachtel zu reichen. »Gegen die Schmerzen in den ersten Tagen. Aber bitte höchstens drei Stück am Tag. Bitte belasten Sie den Fuß die ersten vier Wochen nicht, um eine bestmögliche Heilung sicherzustellen.«

Mit den Worten, dass er gleich zurück sein wird und ich hier auf ihn warten soll, verlässt er den Raum. Sehr witzig, wie soll ich mit dem Gips ohne Hilfe hier weglaufen? Das kann ja heiter werden. Wie soll ich meinen Fuß vier Wochen lang nicht belasten? Nur zu Hause rumhängen? Da weiß ich jetzt schon, dass mir gewaltig die Decke auf den Kopf fallen wird.

Mit einem Ruck stößt jemand die Tür auf und ich schrecke regelrecht zusammen. Zunächst ist niemand zu sehen, doch dann kommt der nette Arzt herein, auf Krücken, ein Bein angewinkelt. »Die habe ich noch für Sie besorgt.«

Amüsiert halte ich mir die Hand vor den Mund, um nicht loszuquieken. Irgendwie sieht der Doktor saukomisch aus, wie er da versucht, mir das richtige Laufen an Krücken vorzuführen. Mit vollem Körpereinsatz erklärt er mir, wie ich die Dinger anfassen und auf dem Boden aufsetzen muss. Dann lässt er mich eine Weile üben. Dabei komme ich mir schrecklich unsportlich vor und wirke bestimmt extrem lächerlich. Doch der liebe Doktor hat eine Engelsgeduld mit mir und nach einer viertel Stunde flitze ich sicher durch den Raum.

»Jetzt kann ich Sie mit ruhigem Gewissen nach Hause schicken, Miss Nolan.«

»Ich danke Ihnen vielmals, Doktor!« Zum Abschied schüttelt er mir die Hand und hält mir dann galant die Tür auf. Erleichtert mache ich mich auf den Weg zum Wartebereich. Liam tippt vertieft auf seinem Smartphone herum. Für einen kurzen Moment beobachte ich ihn und mir wird warm ums Herz. Ich glaube, ich habe mich ernsthaft verknallt. Offensichtlich hat er bemerkt, dass ich ihn angestarrt habe, denn er hebt seinen Blick vom Handydisplay,

sieht mich und springt sofort auf, um mir zu Hilfe zu
kommen.

»Wir können nach Hause«, sage ich und deute auf
den Gips.

»Ich bin froh, dass ich dich nicht hierlassen
muss.« Er streicht mir sanft eine verirrte Locke aus
dem Gesicht. »Na dann komm, lass uns gehen.«

Gasta, gasta!

»Mögest du aus jeder Situation das Beste machen und dem Leben mit POSITIVEN Gedanken entgegentreten.«
Irischer Segenswunsch

Draußen ist es noch dunkel, als wir das Krankenhaus verlassen. Man kann das erste Tageslicht nur schwach erahnen.

»Wie spät ist es?«, frage ich meinen treuen Begleiter.

»Gleich sechs Uhr«, antwortet er nach einem Blick an sein Handgelenk. »Die Fähre legt erst um 10:30 Uhr ab. Lass uns irgendwo etwas frühstücken. Ich lade dich ein.« Wie könnte ich diesem Augenpaar eine Bitte abschlagen?

Um diese Zeit hat leider nur McDonalds geöffnet, also beschließen wir uns als Entschädigung für eine Nacht im Krankenhaus, mit ungesundem fettigen Essen zu belohnen. Nachdem Liam mich samt der Krücken an einem freien Tisch geparkt hat, geht er uns das Essen holen. Gekonnt balanciert er zwei beladene Tabletts bis zu unserem Tisch und setzt sich mir gegenüber.

»Genau das habe ich jetzt gebraucht. Danke Liam.« Mit geschlossenen Augen genieße ich einen Schluck des Cappuccinos und seufze zufrieden. Als ich die Augen wieder öffne, greift Liam über den Tisch und wischt mir Milchschaum von meiner Oberlippe. Sofort durchzuckt mich ein elektrisierendes Kribbeln und ich schmelze förmlich dahin, als er sich seinen Milchschaumfinger genüsslich abschleckt.

»Du Nelly, was ich dir schon die ganze Zeit sagen wollte ...«, druckst er rum wie ein kleiner Schuljunge, sodass ich ihn mit geneigtem Kopf fragend anschaue. »Meine Schwester hat uns erzählt, was mit deinen Eltern passiert ist, also von dem Flugzeugabsturz. Das tut mir so wahnsinnig leid. Wie kommst du damit zurecht?«

»Das ist wirklich lieb von dir, dass du dir darüber Sorgen machst.« Ich muss innehalten und schaue traurig aus dem Fenster. Die Erinnerung an meine Eltern und den Tag des Flugzeugunglückes fegt wie ein Tsunami über mich hinweg. Verstohlen wische ich mir eine Träne aus dem Augenwinkel und schaue dann wieder lächelnd zu Liam. »Die meisten Tage komme ich inzwischen ziemlich gut damit zurecht. Die ersten zwei Jahre waren wirklich schlimm, aber dann wurde es mit der Zeit immer besser. Mein Ex hat mir die Kraft gegeben, mit dem Tod meiner Eltern klarzukommen.«

Betreten schaut Liam mich an. »Ich wollte keine Wunden aufreißen, das tut mir leid. Es war dumm von mir, damit anzufangen.«

»Alles ist gut Liam. Es ist wirklich in Ordnung, dass du das Thema angesprochen hast.« Total gerührt von seinem schlechten Gewissen und seiner Fürsorge wird mir plötzlich ganz heiß. Oder kommt das nur vom Kaffee, den ich zu hastig getrunken habe?

»Wie kommt es eigentlich, dass du mit deiner Familie in Deutschland gelebt hast?«, will er von mir zwischen zwei Bissen seines Double Bacon & Egg McMuffins wissen.

»Meine Mutter stammte aus Deutschland und hatte in Mannheim, als sie meinen Vater kennenlernte, bereits ihre eigene Praxis als Logopädin. Als dann mein Vater noch das Angebot bekam, in einer großen Gemeinschaftspraxis in Mannheim als Zahnarzt zu arbeiten, hat er das Angebot kurzerhand meiner Mutter zuliebe angenommen und Irland verlassen«, erkläre ich ihm, während ich eine große Portion Sirup über die Pancakes gieße.

»Wow, dann muss er deine Mutter aber wahnsinnig geliebt haben. Ich glaube, ich würde dasselbe für die richtige Frau tun.«

»Und woher weißt du, dass die richtige Frau vor dir steht?«, frage ich schmunzelnd.

»Gute Frage. Ich glaube fest daran, dass man vom Schicksal einen eindeutigen Hinweis bekommt, wenn man den Partner fürs Leben gefunden hat.«

Wow, wie romantisch, denke ich und hoffe heimlich darauf, dass das Schicksal genau in diesem Moment einen Amorpfeil auf ihn abschießt.

»Ist es schon mal passiert?«

»Was ist passiert?«, fragt er verwirrt und trinkt seinen Kaffee aus.

»Na hat dir das Schicksal schon die richtige Frau beschert?«, konkretisiere ich meine Frage.

Liam schüttelt nachdenklich den Kopf. »Bisher leider noch nicht. Aber man weiß ja nie, was der nächste Tag mit sich bringt. Ich denke, wir müssen langsam los zur Fähre«, wechselt er schnell das Thema, steht auf und räumt die Tabletts in den bereitgestellten Geschirrwagen.

Frisch gestärkt machen wir uns auf den Weg zum Shuttle-Bus, der uns zum Hafen in Rossaveal bringen wird. Liam kauft für uns zwei Tickets und wir steigen gemeinsam in den Bus ein.

Während der Fahrt kuschele ich mich tief in seinen Arm und lehne den Kopf an seine Brust, sodass ich seinen Herzschlag spüren kann. Das gleichmäßige Baboum lässt mich dabei schläfrig werden. Obwohl mein Start ins Inselleben ziemlich katastrophal begonnen hat, bin ich in diesem Moment sehr, sehr glücklich. Liam ist mir in dieser kurzen Zeit so vertraut geworden, dass ich das Gefühl habe, wir würden uns schon ewig kennen.

»Woran denkst du gerade?«, fragt er unvermittelt.

»Ich genieße deine Nähe und fühle mich ...«, ich zögere einen Moment, »... glücklich!« Mit zwei Fingern hebt er mein Kinn leicht an und schaut mir in die Augen. Schweigend mustert er mein Gesicht. Mir stockt der Atem. Habe ich was Falsches gesagt, das Knistern zwischen uns fehlinterpretiert? Bevor ich mir weiter den Kopf darüber zerbrechen kann, kommt sein Gesicht dem meinen immer näher. Erwartungsvoll schließe ich die Augen. Mein Herz pocht wie ein Vorschlaghammer in der Brust und dann spüre ich, wie sich seine weichen und warmen Lippen auf meinen Mund legen. Meine Nackenhärchen richten sich auf und ich bekomme eine Gänsehaut. Ganz leicht öffne ich die Lippen und necke ihn zaghaft mit den Zähnen, als seine Zunge fordernd meine Lippen teilt. Mit geschlossenen Augen und einem wohligen Prickeln in der Leiste gebe ich mich ihm hin.

Dieser Kuss ist das Schönste, was ich bisher in meinem Leben erlebt habe. Unbeschreiblich betörend und intensiv, warm und kraftvoll, leidenschaftlich und doch zärtlich. Spätestens jetzt werfe ich alle meine Vorsätze, von Männern vorerst die Finger zu lassen, über Bord. Ich begehre diesen Mann, will ihn. Mein Körper bebt vor Erregung und ich kann mich nur mit Mühe im Zaum halten. In meinem Unterleib kribbelt und zuckt es und würden wir nicht gerade in einem Bus sitzen, ich schwöre, ich würde erst ihm und dann mir die Kleider vom Leib reißen. Bei dem Gedanken, wie er mich an Ort und Stelle leidenschaftlich nimmt, steigt mir Hitze ins Gesicht und meine Ohren beginnen zu glühen.

»Geht's dir nicht gut?« Besorgt sieht er mich an und reißt mich damit aus meinen Tagträumen.

»Nein … doch …«, stammle ich. »Alles in Ordnung. Mir geht es gut. Ich bin nur müde.« Einfach nur peinlich, vermutlich kann man an meinem Gesicht erkennen, worüber ich gerade nachgedacht habe.

Er nickt, doch in seinen Augen erkenne ich, dass er mir die Ausrede nicht abnimmt. Die restliche Fahrt lehne ich mich eng an seine Schulter, schließe die Augen und genieße die wohlige Wärme, die sein Körper ausstrahlt.

»Wir sind da.« Müde reibe ich mir die Augen, während er mir die Krücken reicht und anschließend beim Aussteigen aus dem Bus hilft. Ein Glück, die Fähre wartet schon, sodass ich nicht lange auf einem Bein und den Krücken jonglieren muss. Die Sonne scheint heute Urlaub zu haben. Dicke Regenwolken verhängen den Himmel und eine kühle Brise weht uns um die Ohren. Die kalte Seeluft sorgt wenigstens dafür, dass mein erhitztes Gemüt wieder runterfährt und meine Hormone sich beruhigen können. Beim Betreten der Fähre brauche ich dann doch etwas Hilfe von Liam. Das Boot schaukelt heftig und ein Blick auf den Atlantik verrät mir, dass wir eine spaßige Überfahrt haben werden.

»Wo möchtest du sitzen?«, fragt er mich, während er mich fest in seinen Armen hält.

»Auf keinen Fall unter Deck. Da wird mir schlecht. Schau, da vorn sind noch Plätze frei und wir haben da eine super Sicht aufs Wasser.«

»Okay! Wie du möchtest. Ich möchte dann aber kein Gemecker, wenn es etwas nass wird.«

»So schlimm wird es schon nicht werden. Es sieht zwar nach Regen aus. Aber die Wolken ziehen schnell weiter.«

»Ich meine nicht das Wasser von oben Süße, sondern das Wasser von unten. Wir haben heute hohen Wellengang und da kann es passieren, dass wir hier vorn etwas durchnässt werden.«

Ungläubig schaue ich ihn an und kann mir beim besten Willen nicht vorstellen, dass die Wellen so hochschlagen.

Doch schon zwanzig Minuten nach der Abfahrt werde ich eines Besseren belehrt. Der Wellengang ist mörderisch und die Brecher klatschen erbarmungslos auf das vordere Deck. Wir müssen unseren Platz aufgeben und uns etwas weiter nach hinten setzen, um nicht vollständig durchweicht zu werden. Die meisten Touristen quetschen sich unter Deck rum, so haben wir hier oben genug Platz. Aus der Hosentasche fische ich ein Haargummi und binde damit meine inzwischen sehr nassen Locken zu einem Zopf zusammen.

»Siehst du. Ich hatte Recht. Zu dumm, dass wir nicht gewettet haben.«

»Was wäre denn dein Wetteinsatz gewesen?«, frage ich ihn schmunzelnd.

»Na ganz klar. Ich bekomme einen Kuss von dir und du einen von mir, je nachdem wer gewinnt.«

»Den kannst du auch ohne Wette haben.« Meine Hormone spielen total verrückt und ich habe nur noch Augen für Liam. Trunken vor Glück lege ich die Krücken zur Seite, klettere mit dem gesunden Bein über seine Beine und setzte mich rittlings auf seinen Schoß. Dann schlinge ich meine Arme um seinen Hals und küsse ihn mit einer Leidenschaft, die ich so nicht an mir kenne. Er schmeckt salzig, von dem Meerwasser und ich kriege nicht genug von ihm. Meine Zunge bahnt sich fordernd ihren Weg in seinen Mund und spielt an seinen Zähnen. Erst als ich fast am Ersticken bin, lasse ich von ihm ab. Atemlos sieht er mich an und lächelt. »Mehr davon.« Begierig zieht er meinen Kopf wieder zu sich heran und wir versinken im nächsten leidenschaftlichen Kuss, bis ich in dieser Haltung einfach nicht mehr sitzen kann. Erschöpft lasse ich mich neben ihn auf die Bank gleiten und wir genießen die restlichen Minuten der Überfahrt schweigend.

Als wir in Kilronan an Land gehen und ich die vielen Pferdekutschen und Rundfahrtbusse sehe, fällt mir schuldbewusst ein, dass die Buckleys ja vom Tourismusgeschäft leben.

»Ach Mist. Du musst ja eigentlich arbeiten und könntest jetzt schon die ersten Touristen aufnehmen. Stattdessen vertrödelst du deine Zeit mit mir.« Betreten lasse ich die Schultern hängen.

»Ich habe gestern Abend schon mit Vater abgeklärt, dass ich mir heute frei nehme, um dir helfen zu können. Wir haben beschlossen, dass wir uns abwechseln, damit sichergestellt ist, dass du auch wirklich ruhig zu Hause bleibst und dein Bein schonst.«

Ich bin total gerührt von so viel Hilfsbereitschaft und muss mir ein paar Tränen wegblinzeln.

»Das ist furchtbar lieb von euch. Ich weiß gar nicht, wie ich euch danken soll.«

»Hier auf der Insel sind wir eine Gemeinschaft und immer füreinander da. Du gehörst jetzt dazu.«

Wow! Ich bin beeindruckt und bekomme sogleich weiche Knie. Seit dem Tod meiner Eltern war ich absolut auf mich allein gestellt und hatte niemanden, auf den ich mich hätte verlassen können. Selbst Max hatte in unserer Beziehung eher eine Bettgeschichte, denn den Aufbau einer neuen Familie gesehen. Somit weiß ich eigentlich seit den letzten fünf Jahren gar nicht mehr, was es bedeutet, eine Familie zu haben, auf die man sich verlassen kann.

»Da ist mein Vater. Er nimmt uns mit ins Cottage auf seiner ersten Tour.«

Wir klettern auf die Pferdekutsche, zu den zwei Touristen, die bereits auf dem Wagen sitzen. Umständlich versuche ich, eine halbwegs bequeme Position für meinen sperrigen Gipsfuß zu finden, was mir nach fünf Minuten auch halbwegs gelingt. Das Touristenpärchen wirkt dezent genervt, das ist mir aber in diesem Moment ziemlich egal. Die Schmerzen haben mich inzwischen wieder voll im Griff und ich möchte so schnell wie möglich nach Hause.

»Gasta, gasta!«, ruft Mr. Buckley den beiden Pferden zu und sie setzten sich sofort in Bewegung. Ich beuge mich zu Liams Ohr und frage ihn flüsternd, was *gasta* bedeutet.

»Gasta heißt so viel wie schnell.« Er lächelt mich mit seinem Strahlemannlächeln an. »Mit der Zeit wirst du all die irischen Ausdrücke schon noch lernen.«

Das Holpern des Pferdewagens tut dem Bein ganz und gar nicht gut und ich stoße einen Seufzer der Erleichterung aus, als wir endlich vor meinem Cottage halten. Liam hilft mir abzusteigen und wir gehen gemeinsam durch das Gartentor, während die Kutsche weiterfährt. Erschöpft lasse ich mich in einen der Wohnzimmersessel sinken und lege die Krücken neben mir ab.

»Hast du Hunger? Soll ich dir etwas zu essen bringen?«

Matt schüttele ich den Kopf. »Ich bin todmüde. Kannst du mir bitte ein Glas Wasser und eine der Schmerztabletten aus dem Krankenhaus bringen?«

»Kommt sofort!« Er eilt in die Küche und ich höre, wie er in den Schränken nach einem Glas sucht. Für einen Atemzug gebe ich mich der Illusion hin, dass wir zusammen in diesem schönen Cottage wohnen, als Paar. Ich weiß, ich bin verrückt.

Mit dem Glas in der Hand kommt er zurück und kniet sich vor mich auf den Boden. »Mund auf!«, befielt er und ich gehorche. Er legt mir die Schmerztablette auf die Zunge und drückt mir anschließend das Wasserglas in die Hand. Mit einem großen Schluck würge ich das Ding herunter.

»Ich danke dir. Könntest du mir noch bitte nach oben helfen, damit ich mich hinlegen kann?« Ich klimpere betont übertrieben mit den Augen, um zu überspielen, dass mir meine hilfsbedürftige Lage schon etwas peinlich ist.

»Klar! Komm hoch.« Mit einem Ruck zieht er mich aus dem Sessel und dann steigen wir die schmale und steile Treppe nach oben. Toll, für einen Gipsfuß wurde dieses Haus definitiv nicht konstruiert.

Vor dem Bett drehe ich mich zu ihm um und bin zum ersten Mal in seiner Gegenwart so richtig verlegen.

»Ähm, ich denke ... den Rest schaffe ich allein. Du ... ähm ... wenn du magst, kannst du erstmal nach Hause gehen.« Kaum habe ich das ausgesprochen, beiße ich mir auf die Lippen. Wie blöd klingt das denn? Hey du hast jetzt ausgedient, geh gefälligst nach Hause und lass mich in Ruhe. Was muss er jetzt nur von mir denken?

Anstatt beleidigt oder gekränkt zu sein, legt er mir seine Finger auf Lippen. »Ich sagte doch vorhin schon, dass ich den kompletten Tag freigenommen habe, um bei dir zu bleiben. Komm, ich helfe dir noch, deine Hose auszuziehen, und dann schläfst du erst mal.«

Mehr als zu einem Nicken bin ich nicht fähig. Als ich meine Jeans aufknöpfe, läuft es mir heiß und kalt den Rücken herunter. Panisch versuche ich, mich daran zu erinnern, was für eine Unterhose ich angezogen habe. Ich besitze nämlich tatsächlich auch die etwas bequemeren Varianten, die aber leider nicht so sexy aussehen. Als ich die Jeans langsam über die Hüften streife, schaue ich verstohlen an mir herunter. Puh, Glück gehabt. Es ist einer der schwarzen Slips. Mit denen ist man immer passend angezogen. Ich lasse mich nach hinten aufs Bett fallen und Liam zieht an den Hosenbeinen, um mich aus der Jeans zu befreien.

»Wo soll ich sie hintun?«

»Da sie hinüber ist, werde ich sie wegschmeißen. Leg sie einfach da auf den Boden.« Im Krankenhaus wurde kurzerhand das Hosenbein aufgeschnitten, damit es über den Gips passt.

»Ich werde dann mal nach unten gehen. Ruf mich einfach, wenn du etwas brauchst.« Er dreht sich um, und will gerade die Treppe wieder nach unten steigen, da nehme ich all meinen Mut zusammen.

»Warte!«

Er dreht sich wieder zu mir und sieht mich fragend an.

»Du musst doch auch todmüde sein. Das Bett ist groß genug für uns beide. Du brauchst auch eine Mütze voll Schlaf.« Mit einer einladenden Geste deute ich auf die Bettdecke.

»Kein Problem Nelly. Ich kann auch unten auf der Couch schlafen.«

Oh nein! Warum will er sich nicht mit mir das Bett teilen? Habe ich die Dinge zwischen uns doch falsch eingeschätzt oder ist er einfach nur höflich oder sogar schüchtern? Bei dem Gedanken, dass auch er die Schmetterlinge im Bauch kaum unter Kontrolle bringen kann, muss ich lächeln.

»Kommt überhaupt nicht infrage. Ich möchte, dass du in einem anständigen Bett schläfst.«

Beschwichtigend hebt er beide Hände nach oben. »Okay, okay! Du hast gewonnen. Aber Vorsicht: Ich schnarche.« Er grinst, während er nun ebenfalls seine Jeans aufknöpft. Wie gebannt beobachte ich seine Finger, wie sie die einzelnen Knöpfe lösen und dann die Hose über seine Hüften schieben. Wow! Ich muss kräftig schlucken. Er trägt einen engen Slip, der die ganze Pracht seiner Männlichkeit deutlich hervortreten lässt. Zu gern würde ich einen Blick unter den Stoff wagen, aber ich reiße mich zusammen. Er soll auf keinen Fall denken, dass ich eine ausgehungerte Nymphomanin bin. Nachdem er auch sein Shirt ausgezogen und mir seinen muskulösen Oberkörper gezeigt hat, klettert er zu mir unter die Bettdecke. Vorsichtig schiebt er seinen Arm unter meinen Nacken, sodass ich mich bei ihm einkuscheln kann.

»Schlaf gut Nelly.« Zärtlich drückt er mir einen sanften Kuss auf die Stirn und schließt zufrieden lächelnd die Augen.

»Du auch.«

Schon wenige Minuten später vernehme ich gleichmäßige Atemzüge von Liam. Er schläft tief und fest wie ein Baby. Vorsichtig drehe ich mich auf die Seite und stütze mich auf dem Arm ab. Er sieht so friedlich aus. Ich nutze die Gelegenheit, um mir jeden Quadratzentimeter seines Gesichtes einzuprägen. Obwohl ich kaum noch die Augen offen halten kann, finde ich keinen Schlaf. Meine Gedanken kreisen und ich spüre seinen warmen Körper. Wie gern würde ich jetzt über seine Bauchmuskeln streichen. Ihn so nah neben mir zu spüren, raubt mir beinahe den Verstand. Doch irgendwann übermannt mich die Müdigkeit und ich schlafe doch ein.

Lust auf Pasta?

»Mögest du den Glauben an die LIEBE nie verlieren,
möge sie dir schöne Stunden bereiten ein Leben lang.«
Irischer Segenswunsch

Liam wacht vor mir wieder auf. Als ich die Augen aufschlage, liegt er auf seinen Arm aufgestützt und beobachtet mich. Genau, wie ich ihn vorhin beobachtet habe, hat er die Gelegenheit genutzt, mich zu betrachten.

»Na, gut geschlafen mein Sonnenschein?«, fragt er mit einem umwerfenden Lächeln auf den Lippen.

»Hervorragend! Wie spät ist es?« Ich schiele zum Fenster und sehe Tageslicht.

»Es ist gleich vier Uhr. Wir haben nur etwas mehr als drei Stunden geschlafen.«

»Ich fühle mich trotzdem viel fitter. Und du?«

Zur Antwort beugt er sich über mich und bedeckt meine Lippen mit einem heißen und leidenschaftlichen Kuss. Fordernd und zärtlich zugleich sucht seine Zunge nach meiner und spielt neckisch mit ihr. Zwischen meinem Mund und meinem Unterleib besteht in diesem Moment eine direkte Nervenverbindung, denn ich spüre ein Ziehen und Kribbeln in der Beckengegend. Meine Hände vergrabe ich in seinem lockigen Haar, während ich den Kuss hingebungsvoll erwidere. Dann löst er sich von mir, fasst an den Saum meines T-Shirts und schiebt es nach oben. Mit seinem Zeigefinger umkreist er sanft den Bauchnabel und bedeckt anschließend jeden Zentimeter meiner Bauchdecke mit Küssen, bis er den BH erreicht. Wohlige Schauer durchfluten meinen Körper, während er das Shirt weiter nach oben schiebt, es mir anschließend über den Kopf zieht und neben das Bett auf den Boden gleiten lässt. Als er die Rundungen meiner Brüste streichelt, stöhne ich lustvoll auf. Seine Finger fahren in Zeitlupe am Rand des BHs entlang, dann dreht er mich mit sanftem Druck auf die Seite. Erwartungsvoll schließe ich die Augen, während sich seine Finger am Verschluss des BHs zu schaffen machen. Meine gesamte Haut kribbelt, als würde ich winzige Stromstöße bekommen. Die Verschlusshaken lösen sich, er schiebt die Träger sanft von den Schultern runter und haucht mir einen Kuss auf die Haut. Wie elektrisiert drehe ich mich wieder zurück auf den Rücken und befreie mich von dem BH. Ein dicker Kloß sitzt nun in meinem Hals fest und ich muss mehrmals schlucken, um ihn runterzubekommen. Unsicher erforsche ich sein

Gesicht, um erkennen zu können, ob ihm gefällt, was er sieht. Normalerweise bin ich überhaupt nicht verunsichert im Bett und auch relativ zufrieden mit meiner Figur. Aber bei Liam ist das irgendwie anders. Ich kann es nicht erklären. Mit beiden Händen umfasst er meine Brüste und liebkost mit seiner Zunge erst die eine, dann die andere Brustwarze. Lichtblitze flackern hinter den Augenlidern und ich strecke ihm meinen Körper stöhnend entgegen. Er schaut kurz begierig zu mir auf, um gleich darauf mit seinen Küssen wieder in Richtung Bauchnabel zu wandern.

»Du machst mich total verrückt«, hauche ich ihm zu.

»Das will ich doch hoffen«, bekomme ich als Antwort, bevor er sich weiter küssend nach unten arbeitet. Am Rand meines Slips angekommen hält er inne und schaut mich an. »Bist du dir sicher, dass du es möchtest?«

Was für eine Frage. Am liebsten hätte ich ihn schon vor Stunden mit Haut und Haaren verschlungen. »Absolut sicher«, hauche ich ihm nickend zu.

Zur Antwort lässt er seine Daumen unter den Bund des Höschens gleiten und streicht an meinen Beckenknochen entlang. Dieses Prickeln macht mich schier verrückt und ich halte es kaum noch aus, mein Atem beschleunigt sich und ich beiße mir vor Lust auf die Lippen. In Zeitlupe schiebt er das Stück Stoff nach unten und legt nach und nach mein Lustzentrum frei. Mein Herz rast im schnellen Galopp und ich höre das Blut in den Adern rauschen wie ein tosender Fluss. Nachdem er auch meine Unterhose auf den Boden hat gleiten lassen, schiebt er mit sanftem Druck meine Beine leicht auseinander, greift sich sein Kopfkissen und schiebt es mir vorsichtig unter das Gipsbein. Mir stockt der Atem, als er mit seinen Fingern die Innenseiten meiner Schenkel nach oben entlang streicht, bis er meine empfindsamste Stelle erreicht. In mir explodiert ein wahres Feuerwerk der Farben und der Lust und ich sehne mich danach, jeden Quadratzentimeter seiner Haut zu spüren. Ein Kuss auf mein Lustzentrum lässt mich zusammenzucken. Seine Zunge umspielt zärtlich die kleine Lustperle und steigert so meine Lust ins Unermessliche. Stöhnend recke ich ihm das Becken entgegen und vergrabe meine Finger in seinen Locken, während er abwechselnd saugt und sanft knabbert und mich somit immer weiter in Ekstase bringt. Doch dann hört er unvermittelt auf. Was für ein Sadist! Er hat mich schier um den Verstand gebracht und ich sehne mich nach Erlösung. Im nächsten Moment bedeckt er wieder zuerst meinen Bauch und meine Brüste mit heißen Küssen, um mir anschließend zärtlich in den Hals zu beißen. Liebevoll nehme ich seinen Kopf zwischen beide Hände und schaue ihm in die Augen.

Sie sind glasig und ich kann seine Erregung, Lust und Gier darin erkennen. Am liebsten würde ich ihn jetzt auch ein bisschen zappeln lassen, doch meine eigene Gier ist so groß, dass ich sein Gesicht wieder dicht zu mir heranziehe und wir in einem leidenschaftlichen Kuss versinken. Während unsere Zungen ein wildes Spiel treiben, spüre ich, wie er seine Hand zwischen meine Beine schiebt. Automatisch gehen die Schenkel weiter auseinander. Mit seinen Fingerspitzen umspielt er gekonnt meine geschwollene Perle und ich grabe die Fingernägel vor Lust in seinen Rücken. Jetzt stöhnt auch er auf und als Antwort lässt er seine Finger in mich hineingleiten und bringt mich ein zweites Mal in höchste Erregung. Mein Unterleib vibriert und kribbelt und fühlt sich an, als möchte er bersten, doch kurz bevor ich zum Orgasmus komme, zieht er seine Finger wieder zurück.

Sein Mund löst sich von meinem und ich spüre seinen heißen Atem in meinem Gesicht.

Herausfordernd lächelt er mich an, während ich seinen Slip von seinen Hüften streife. Gleich darauf rollt er sich wieder auf mich drauf, stützt sich mit beiden Händen auf dem Bett ab und bedeckt mein Gesicht erneut mit Küssen. Endlich aus der Enge des Slips befreit, spüre ich seine harte Männlichkeit zwischen meinen Beinen und hebe das Becken leicht an. Mit flehendem Blick schaue ich ihm voller Sehnsucht in die Augen und dann endlich dringt er in mich ein, vorsichtig und behutsam, als hätte er Angst, mich zu verletzen. Während er sich langsam in mir bewegt, stöhne ich lustvoll auf und beiße ihm zart in die Oberlippe, was er mit einem wohligen Seufzer quittiert. Hungrig strecke ich ihm mein Becken noch ein Stück weiter entgegen, um ihn so tief wie möglich in mir zu spüren. Unsere Bewegungen passen sich einem einheitlichen Rhythmus an und unsere Atemstöße kommen synchron. Fast gleichzeitig kommen wir zum Höhepunkt und es ist ein Höhepunkt, der mich total umhaut. Noch nie zuvor habe ich so intensiven Sex erlebt, wie mit Liam. Erschöpft lässt er sich neben mich aufs Bett fallen und ich kraule ihm zärtlich die glattrasierte Brust.

»Du siehst glücklich aus.« Seine Stimme klingt kratzig und zittrig.

»Das bin ich auch. Es war fantastisch.«

Wir liegen noch eine Weile Arm in Arm im Bett und genießen die Stille, bis sich mein Magen laut knurrend zu Wort meldet. Kein Wunder, inzwischen ist es fast 12 Stunden her, dass wir etwas gegessen haben.

»Lust auf Pasta?«, frage ich Liam schmunzelnd.

»Ich habe einen Bärenhunger.«

»Dann lass uns etwas kochen.« Ich ziehe ein Shirt über und greife mir die Krücken.

Auch in der Küche scheinen wir zwei perfekt zu harmonieren. Unsere Handgriffe sind exakt aufeinander abgestimmt, obwohl wir uns kaum absprechen müssen. Das ist fast schon unheimlich, so vollkommen fühlt sich dieser Augenblick an. Sollte das wirklich der ideale Mann für mich sein?, frage ich mich und kann dabei mein Glück kaum fassen.

»Den Rest schaffe ich allein. Ich möchte, dass du dich dort hinsetzt und dein Bein schonst.«

Mein Herz macht einen Freudensprung und genießt seine Fürsorglichkeit. »Aye, Chef!« Nachdem ich ihm einen Kuss auf die Wange gehaucht habe, setzte mich an den Esstisch und beobachte mein Herzblatt wie ein verliebter Teenager. Während er konzentriert am Herd werkelt, genieße ich den Anblick seines nackten, muskulösen Oberkörpers und kann mein Verlangen, seine Haut erneut zu berühren, nur schwer unterdrücken. Als alles fertig ist und köstlich duftet, stellt Liam den Topf mit den Nudeln und der Tomatensoße auf den Tisch und setzt sich mir gegenüber.

»Das riecht toll. Ich danke dir, mein Held.« Ich gebe die Spaghetti auf beide Teller und er verteilt anschließend die Soße darüber.

»Da fehlt noch was.« Verschmitzt lächelnd steht er auf und geht zur Küchenzeile, wo er nacheinander die Schubfächer aufzieht. »Ich glaube, deine Großmutter müsste hier noch irgendwo ...«, murmelt er vor sich hin. »Da sind sie ja!« Mit einem Strahlen im Gesicht hält er mir eine Kerze vor die Nase. »Bin gleich wieder da.« Mit diesen Worten verschwindet er im Wohnzimmer. Der Geräuschkulisse nach zu urteilen kramt er im Schrank herum und taucht kurz darauf wieder mit einem einfachen Kerzenhalter in der Hand auf. Mit einer Drehbewegung fixiert er die Kerze darin, zündet sie an und stellt sie zwischen uns auf den Tisch. »Jetzt ist es perfekt«, grinst er verwegen.

»Du bist ja ein richtiger Romantiker«, antworte ich ihm und drehe eine erste Gabel mit Spaghetti auf.

»Darf ein Mann etwa nicht gefühlsbetont sein?«, fragt er augenzwinkernd.

»Na klar!. Das ist großartig. Ich steh total auf romantische Männer und finde es schade, dass die meisten es nur albern finden.«

Er hebt das Wasserglas in die Höhe. »Auf dich Nelly. Die wunderbarste Frau, die ich je getroffen habe.«

Kann mich mal bitte jemand kneifen? Das muss ein Traum sein, aber dafür ein ganz besonders schöner.

»Auf dich, Liam. Und auf die Romantik«, antworte ich und lasse dabei mein Glas leise gegen seins klirren.

Draußen hat ein heftiges Gewitter eingesetzt und der Regen prasselt laut gegen die Fenster. Während der Sturm wütet, genießen wir drinnen die wunderbare Atmosphäre und nehmen schweigend unser Mahl zu uns. Immer wieder werfen wir uns liebevolle Blicke zu. Dabei liegt mir eine Frage auf dem Herzen.

»Du scheinst dich ziemlich gut im Haus meiner Grandma auszukennen?«

»Wie kommst du darauf?« Mit einer Serviette wischt er sich den Mund ab und hebt fragend die Augenbraue.

»Du hast gewusst, dass du hier Kerzen findest und wo du nach einem Kerzenhalter suchen musst.«

»Ach so, das«, erwidert er leicht verlegen. »Weißt du, ich war ziemlich oft hier bei deiner Großmutter. Das waren wir alle, Vater, Mutter, meine Schwester und ich. Sie war so ein wundervoller Mensch. Und als sie ...« Er stoppt, und fährt mit der Hand über das Gesicht.

»Als sie was?«, hake ich nach.

»Ach Nelly, deine Großmutter wollte das nicht?« Verzweifelt sieht er mich an.

»Ich versteh das nicht. Was wollte sie nicht? Bitte rede mit mir. Was war mit meiner Oma?«

»Okay, okay! Ich habe sie immer angefleht, dich anzurufen und dir Bescheid zu geben. Zumindest hätte sie ihrem Sohn sagen müssen, wie es um sie stand.«

»Ihrem Sohn konnte sie es nicht mehr sagen.« Traurig schaue ich auf den leeren Teller und begutachte einen Rest Tomatensoße, woraufhin er seine Hand über den Tisch schiebt und damit meine ergreift.

»Ich weiß es inzwischen Nelly. Meine Schwester hat es uns erzählt. Wir haben keine Ahnung, warum deine Großmutter uns nichts von dem Flugzeugunglück erzählt hat, geschweige denn, dass ihr Sohn tot ist. Offensichtlich war sie eine alte Geheimniskrämerin und wollte niemandem zur Last fallen.«

»Du wusstest, dass sie sterben wird. Stimmt's?«

»Ja, sie hat uns eingeweiht und um Hilfe gebeten«, gibt er zögerlich zu.

»Hilfe wobei?«

»Ihr Haus zu renovieren. Sie wollte, dass du dich absolut wohl fühlst und die Chance hast, hier auf der Insel ein neues Leben zu beginnen. Nelly sie hat dich mehr geliebt, als du dir vorstellen kannst. Es verging keine Stunde, in der sie nicht von dir erzählt hat. Ich habe sie angefleht, dich anrufen zu dürfen und von ihrer Erkrankung zu erzählen. Damit du sie nochmal besuchen kannst, bevor sie stirbt. Aber sie wollte, dass du sie so in Erinnerung behältst, wie du sie kanntest.«

Betreten schaut er auf sein Wasserglas, das er unruhig in seiner Hand hin und her dreht.

»Was hatte sie?«, frage ich mit zitternder Stimme. Mir stehen Tränen in den Augen und ich kann sie auch nicht mehr zurückhalten. Meine Grandma war so eine tolle und selbstlose Frau. Wie gern hätte ich sie vor ihrem Tod nochmal gesehen.

»Sie hatte einen Hirntumor. Inoperabel.«

»Warum hat sie mich nicht angerufen?« Die zahlreichen angestauten Emotionen lassen sich nun nicht mehr zurückhalten und ich weine hemmungslos. Liam nimmt mich tröstend in den Arm und wiegt mich sanft hin und her. Eine einfache Geste und trotzdem so wirkungsvoll. Zärtlich streicht er mir übers Haar und flüstert besänftigende Worte, während ich mich kaum beruhigen kann und sein Shirt mit Tränen durchnässe, bis ich vollkommen erschöpft zurücksinke.

»Es tut mir sehr leid Nelly. Aber deine Großmutter hatte ihr Gründe und wir haben ihren Wunsch respektiert. Bitte sei uns deswegen nicht böse.«

»Ich bin euch nicht böse. Ich bin nur traurig, dass ich in ihren letzten Stunden nicht bei ihr war.«

Nachdem ich mich einigermaßen gefangen habe, waschen wir gemeinsam das Geschirr ab und gehen dann ins Wohnzimmer, wo Liam ein kleines Feuer im Kamin anzündet. Dort reden wir noch bis spät in die Nacht und er erzählt mir von den letzten Monaten meiner Granny, wie sie zusammen das Cottage hergerichtet und alles beim Notar für das Testament vorbereitet haben. Als er mir davon erzählt, wie der Hirntumor zu immer mehr Ausfällen bei meiner Oma geführt hat und von ihrem Wunsch, friedlich und in Würde sterben zu dürfen, verkrampft sich mein Herz erneut. Plötzlich habe ich einen dicken Knoten im Magen und ein erschreckender Gedanke keimt in mir auf.

»Du meinst ... du sprichst gerade von ... Sterbehilfe?«, frage ich durcheinander.

»Nein! Oh mein Gott, nein. Das ist auch in Irland nicht erlaubt Nelly. Lass uns ins Bett gehen, wir sind beide sehr müde und könnten jetzt eine Mütze voll Schlaf gut gebrauchen.«

Seine Antwort kam etwas zu schnell und zu heftig und lässt Zweifel aufkommen, dass er mir etwas verheimlicht. Aber ich sehe ein, dass es keinen Sinn macht, zum jetzigen Zeitpunkt hier weiter nachzubohren. Meine Augen kann ich kaum noch offenhalten, so müde bin ich und so gehen wir gemeinsam nach oben und legen uns eng aneinandergekuschelt schlafen.

Benutzt hier auf der Insel eigentlich niemand die Klingel?

»Möge ein LICHT dich leiten und führen, wenn du dich verloren glaubst.«
Irischer Segenswunsch

Das Bett neben mir ist leer, als ich nach dieser Nacht der Nächte glückselig erwache. Verwundert reibe ich mir die Augen und setze mich aufrecht hin. Ein Duftpotpourri aus frisch gebrühtem Kaffee, Rührei und Speck dringt in meine Nase und ich muss grinsen. Da hat wohl jemand Frühstück für mich gemacht. Daran könnte ich mich glatt gewöhnen. Vorsichtig humpele ich die Treppen hinunter, was zu meiner positiven Überraschung schon viel besser geht als gestern. So langsam bekomme ich Übung im Umgang mit den Krücken. Glücklich grinsend erreiche ich die Küche, wo Liam leise vor sich hinpfeifend am Herd steht. Mein Herz schlägt einen wilden Sambarhythmus und ich schmiege mich ganz nah an ihn ran.

»Hey, guten Morgen Sweety«, raunt er mir gutgelaunt zu, während er den knusprigen Speck aus der Pfanne nimmt und diesen auf dem Tisch abstellt, um mich gleich darauf leidenschaftlich zu umarmen.

»Guten Morgen. Das ist ja großartig, wie du mich hier verwöhnst.« Mit einem leidenschaftlichen Kuss bedanke ich mich bei ihm.

»Ich kann leider nicht mit dir zusammen frühstücken.« Er deutet auf seine Uhr. »Die Arbeit ruft.«

»Wie spät ist es denn?« Weicht er mir nach unserem Gespräch gestern Abend etwa aus?

»Es ist schon halb zehn. Ich muss mich noch um die Pferde kümmern, bevor die ersten Touristen kommen. Fíona schaut nachher kurz rein.«

»Wann sehe ich dich wieder?«

»Spätestens morgen Sweetheart. Versprochen«, antwortet er während er sich die Schuhe zubindet.

»Okay! Danke für das Frühstück.« Gerade will ich aufstehen und ihn verabschieden, da ist er auch schon aus der Tür raus und ich höre sie wieder zurück ins Schloss fallen. Was war das denn jetzt für ein Abgang? Benommen starre ich auf den gedeckten Tisch. Der Typ ist ja gerade regelrecht geflohen. Nachdenklich schiebe ich mir eine Gabel voll Rührei in den Mund. Kochen kann er auf jeden Fall. Das Ei ist köstlich.

Das Abräumen des Tisches sowie der Abwasch gestaltet sich als schwieriger als angenommen. Mit nur einer Krücke auf einem Bein rumhumpelnd das Geschirr vom Tisch zu Spüle zu transportieren, gleicht einer Zirkusvorführung. Genervt lasse ich die Krücke auf den Boden knallen und hüpfe lieber auf dem gesunden Bein herum. So habe ich auf jeden Fall die Hände frei und die Chance, dass mein Geschirr nicht zu Bruch geht, steigt um 100 Prozent.

»Nelly! Du liebe Güte, was machst du da?« Überrascht zucke ich zusammen und vor Schreck gleitet mir nun doch ein Teller aus der Hand und zerspringt scheppernd auf dem Küchenboden. Hinter mir steht Fíona. Herr Gott, benutzt hier auf der Insel eigentlich niemand die Klingel?

»Himmel, du hast mich vielleicht erschreckt«, herrsche ich sie rüde an, was mir jedoch im nächsten Moment schon wieder leidtut.

»Das lag nicht in meiner Absicht. Ich bin davon ausgegangen, dass du die Tür hörst. Tut mir wirklich leid, Nelly. Komm, setz dich hin. Du sollst das doch nicht machen. Dafür sind wir doch da. Und schau nur, jetzt ist der schöne Teller kaputt.«

Cool, meine Freundin hat offenbar ein sehr umfangreiches Lungenvolumen. Sie atmet kein einziges Mal ein, während sie ohne Punkt und Komma auf mich einredet. Energisch schiebt sie mich in Richtung Stuhl und hebt die auf den Fliesen liegende Krücke auf.

Bevor ich auch nur etwas erwidern kann, redet sie schon weiter auf mich ein.

»Ich bin ja so froh, dass du nicht im Krankenhaus bleiben musstest. Was für ein Pech du auch hattest. Wie geht es deinem Fuß jetzt?«

»Ganz okay. Mit den Schmerzmitteln ist es auszuhalten. Nur der Gips ist etwas hinderlich«, antworte ich mit einem schiefen Grinsen.

»Na du hast ja zum Glück uns. Keine Sorge, wir helfen dir, wo immer wir können. Hast du einen Handfeger und ein Kehrblech?« Sie deutet auf den Scherbenhaufen, der mal mein Teller war. Aha, sie kennt sich wohl nicht so gut in diesem Haus aus wie ihr Bruder.

»Ja. Da in dem Schrank unter der Spüle.«

»Soll ich dir nachher was aus dem Geschäft mitbringen?«, fragt sie mich, während sie dem Chaos zu Leibe rückt.

»Nein, danke. Ich denke, ich habe noch alles. Das ist wirklich sehr nett von euch allen.«

»Ach papperlapapp. Du gehörst jetzt zur Inselgemeinschaft, also helfen wir dir.«

Wenn ich also zur Inselgemeinschaft gehöre, dann könnte man mich ja jetzt auch in Inselgeheimnisse einweihen., überlege ich und wage einen Vorstoß.

»Du Fíona. Hat meine Oma vor ihrem Tod sehr leiden müssen?«, starte ich einen Frontalangriff.

Über ihr Gesicht legt sich für einen Bruchteil einer Sekunde ein seltsamer Schatten.

»Ich denke nicht. Nein. Mach dir darüber keine Sorgen Nelly.«

»Ich meine, sie hatte einen Hirntumor. Sie muss doch gegen Ende hin Ausfallerscheinungen gehabt haben?«

Sichtbar erschrocken dreht sie sich zu mir um.

»Woher weißt du das?«

»Dein Bruder hat es mir gestern Abend erzählt. Und es war gut so. Ich habe ein Recht, zu erfahren, wie und warum meine Großmutter gestorben ist.«

Sie kippt die Scherben in den Mülleimer, bevor sie mir antwortet.

»Nelly, es tut mir schrecklich leid. Das muss alles sehr schwer für dich sein. Alles, was ich dir sagen kann, deine Großmutter hat dich sehr geliebt und sie musste sicher nicht leiden. Ich bring eben schnell den Müll raus. Bin gleich wieder da.«

Mit diesen Worten schnappt sie sich den Müllbeutel und rennt förmlich nach draußen. Also habe ich mich nicht getäuscht, als ich bei Liam ein seltsames Verhalten bezüglich des Todes meiner Grandma ausgemacht habe. Seine Schwester weicht diesem Thema offensichtlich ebenfalls aus. Da es in meinen Augen nicht viel Sinn macht, hier mit der

Brechstange heranzugehen, beschließe ich, vorerst nicht mehr über meine Oma zu sprechen. Vielleicht erzählen mir die Buckleys mehr über den Tod meiner Großmutter, wenn wir uns alle besser kennengelernt haben. Möglicherweise muss ich die Wahrheit aber auch woanders suchen.

»Ich muss dann erstmal in den Laden, meiner Mutter helfen. Kommst du im Moment zurecht?«, fragt Fíona, während sie einen neuen Müllbeutel in den Eimer packt.

»Klar. Mach dir keine Sorgen. Mir geht es gut und ich habe alles, was ich brauche.« Eigentlich geht es mir überhaupt nicht gut. Aber ich möchte jetzt lieber allein sein.

»Okay Schätzchen. Pass bitte auf dich auf und schone dich. Bis nachher.« Sie öffnet die Haustür, dreht sich nochmal um, winkt mir fröhlich zu und ist dann verschwunden.

Stille. Endlich kann ich mal durchatmen und meine Gedanken sammeln. Entweder werde ich jetzt paranoid oder die Buckleys verheimlichen mir tatsächlich etwas in Bezug auf den Tod meiner lieben Granny. Im Haus wird es mir bereits nach kurzer Zeit zu eng, ich bekomme kaum Luft und habe das Gefühl, die Decke knallt mir gleich auf den Kopf. Deshalb beschließe ich, hinunter ans Meer zu gehen. Der Weg ist nicht weit, und wenn ich vorsichtig bin, dürfte er auf Krücken zu bewältigen sein. Eine andere Wahl habe ich ja wohl kaum. Hier rumzuhocken macht mich wahnsinnig, ich brauche dringend frische Luft.

Eine gefühlte halbe Stunde später komme ich endlich unten am Strand an. In Wahrheit habe ich nur etwa zehn Minuten gebraucht. Solange ich diesen verdammten Gips trage, sollte ich dringend an meiner Geduld arbeiten. Als ich einen kleinen Felsvorsprung entdecke, setze ich mich darauf und betrachte eine Weile das Meer. Das Geräusch der anbrandenden Wellen hat etwas Beruhigendes und nach und nach kommt mein Gedankenkarussell zum Stehen. Zurück bleiben eine seltsame Leere und die Frage, ob die Entscheidung richtig war. In diesem Moment komme ich mir unglaublich dumm vor. Was habe ich mir nur dabei gedacht, meinen gut bezahlten und sicheren Job in Mannheim aufzugeben, alles hinter mir zu lassen und zu denken, dass ich ausgerechnet auf einer kleinen Insel im Atlantik mir ein neues Leben aufbauen kann? Die Gedanken an meinen Ex schmerzen immer noch sehr und ich vermisse ihn schrecklich. Ein Bild mit ihm und der anderen Tussi im Bett schiebt sich vor mein inneres Auge. Wie konnte er mir das nur antun und mich derartig erniedrigen. Die gleichen Empfindungen wie damals kommen wieder hoch: Entsetzen, Schock, Demütigung, Wut. Mistkerl! Energisch schüttele ich den Kopf, um diese dämlichen Erinnerungen wieder loszuwerden. Immer nach vorn schauen, ist doch meine Devise.

Eine Weile noch sitze ich auf diesem Felsen, genieße die Naturgewalt des Ozeans und lasse mir die frische Brise um die Nase wehen. Es tut gut, hier draußen zu sein. Nach und nach kommt auch meine Zuversicht zurück. Im Grunde gibt es doch keinen schöneren Ort, um sich ein neues Leben aufzubauen. Meine Gedanken wandern wieder zu Liam und ich verliere mich in Tagträumereien, in denen ich mir unser gemeinsames Leben ausmale.

Das Geschrei der Möwen holt mich zurück in die Realität und ich bemerke, dass sich schon wieder ein Sturm zusammenbraut. Der Spätsommer meint es wohl nicht gut mit den Touristen. Mit neuer Energie aufgeladen schnappe ich mir die Krücken und begebe mich auf den kurzen, aber für mich aktuell beschwerlichen Rückweg. Sobald ich zu Hause ankomme, werde ich mich gleich ins Internet einloggen und die Stellenanzeigen durchgehen. Zu irgendetwas muss die vorübergehende Gehbehinderung ja nützlich sein.

Kitchen Hero

»Möge jeder TAG deines Lebens stets gefüllt sein mit einem lachenden Herzen, Sonne im Gemüt, Wind im Rücken und einer guten Prise Heiterkeit.«
Irischer Segenswunsch

Da die Durchsicht des Stellenmarktes sehr ernüchternd war, habe ich den Nachmittag lesend auf dem Sofa verbracht. Irgendwann wurden meine Augenlider schwer und ich schlief ein.

Jetzt werde ich durch einen sanften Kuss auf die Stirn geweckt. Verschlafen schlage ich die Augen auf. Liam kniet vor dem Sofa und lächelt mich an.

»Hey meine kleine Schlafmütze! Wie geht es dir?« Er hebt das Buch, das mir offenbar aus den Händen geglitten ist, vom Boden auf und legt es auf den Tisch.

»Ich habe dich schrecklich vermisst. Komm her!« Ich fasse um seinen Nacken und ziehe seinen Kopf näher heran, um ihm einen Kuss zu geben.

»Du hast mir auch gefehlt, Sweetheart. Ich habe uns aus Joe Watty's etwas zu essen mitgebracht. Du hast hoffentlich Appetit.«

»Schon wieder bist du mein Held. Ich bin am Verhungern!« Wie zur Bestätigung gibt mein Magen grummelnde Geräusche von sich. Wir müssen beide lachen und gehen dann in die Küche, wo er bereits den Tisch gedeckt hat.

Verwundert schaue ich ihn an. »Ich habe gar nicht mitbekommen, wie du den Tisch gedeckt hast. Da muss ich ja wirklich sehr fest geschlafen haben.«

»So tief und fest wie ein Stein. Ich habe es kaum übers Herz gebracht, dich zu wecken. Komm, setz dich.« Liam rückt mir einen Stuhl vom Tisch ab und wartet, bis ich mich hingesetzt habe, bevor er sich selbst niederlässt. Wir essen genüsslich Fish & Chips und unterhalten uns dabei über Gott und die Welt. Alles fühlt sich so unglaublich vertraut an, als ob wir uns schon ewig kennen.

Nach dem Essen waschen wir wie ein altes Ehepaar vereint das Geschirr ab und kuscheln uns dann auf die Couch.

»Es ist gleich sieben Uhr«, sagt Liam, steht auf und schaltet den Fernseher ein.

»Was ist um sieben Uhr? Nachrichten?«

»Da kommt meine Lieblingssendung. Oh Bitte Sweety, lass sie uns gemeinsam anschauen.« Gott sieht er süß aus, wie er da vor mir steht und mich, wie ein kleiner Schuljunge bettelnd anschaut. Dieser Anblick lässt mich grinsen, ich versuche jedoch, mich gleich wieder zu beherrschen und ein strenges Gesicht zu machen.

»Was bekomme ich dafür als Gegenleistung?«

»Ich stehe dir für den Rest des Abends und die ganze Nacht zu Verfügung.«

»Komm her du Verführer.« Ich tippe neben mich auf die Couch und bedeute ihm, sich wieder zu mir zu setzen. »Ich schaue mir alles mit dir an, was du willst.«

Seine Sendung beginnt und ich runzle verwundert die Stirn.

Kitchen Hero: Rediscovering the Irish Kitchen.

»Eine Kochsendung?«

»Ja! Was ist so schlimm daran? Ich koche nun mal sehr gern und ich liebe die irische Tradition«, verteidigt er sich gleich.

»Hey, keine Panik. Ich finde das nicht schlimm. Ich bin nur etwas überrascht. Bisher habe ich nicht viele Männer kennengelernt, die gern kochen.«

Die Sendung entpuppt sich als mega interessant. Der Fernsehkoch erforscht alte irische Rezepte und geht der Frage auf den Grund, warum die Menschen in Irland früher viel mehr gekocht haben als heute, obwohl es damals bedeutend weniger Zutaten gab. Im Verlauf der Sendung entdecke ich einige sehr lecker klingende Gerichte und bekomme richtig Lust, sie zusammen mit Liam nachzukochen.

Wir schauen uns noch die Neun-Uhr-Nachrichten auf RTE One an, dann schalte ich den Fernseher wieder aus.

»Kommen wir zu deiner Gegenleistung«, grinse ich ihn frech an und setze mich auf seinen Schoß.

»Ich stehe dir in vollem Umfang zur Verfügung, Baby.« Liebevoll wuschelt er mir durch die Haare und ich bedecke seine weichen Lippen mit einem zarten Kuss. Diesmal piksen mich feine Bartstoppeln. Doch es stört mich nicht, ganz im Gegenteil, macht mich dieser männliche Aspekt nur noch heißer. Fordernd erwidert er den Kuss, seine Zunge öffnet meine Lippen und drängt nach vorn. Sofort spüre ich auch ein Beben im Unterleib. Meine Erregung steigt viel schneller als beim ersten Mal. Unsere Zungen schlagen im rasanten Takt gegeneinander und der Puls schießt in die Höhe. Das Blut rauscht wie eine Flutwelle durch meine Adern und ich lasse mich von einer Welle der Ekstase davon tragen. Sein Atem streift stoßweise meinen Hals und ich kann unter mir deutlich seine harte Männlichkeit spüren. Ihm geht es also genauso wie mir.

»Nimm mich!«, hauche ich in sein Ohr und er zieht mir mit einem Ruck mein Shirt nach oben und über den Kopf. Hastig knöpfe ich seine Jeans auf, während er die Häkchen am BH öffnet. Dann löse ich mich für einen Moment von ihm und entledige mich meiner restlichen Kleidung. Beinahe verliere ich das Gleichgewicht, doch Liam fängt mich auf. Während mein Blick auf seine Augen geheftet ist, steht er auf und ich setze mich vor ihm hin auf den Rand des Sofas. Langsam schiebe ich seine Hose und seinen Slip über die Hüfte nach unten. Sichtlich froh darüber, dass seine Erektion nun nicht mehr eingeengt ist, stöhnt er leise auf. Seine Finger vergraben sich tief in meinen Locken, während er meinen Kopf sanft näher an sich heran drückt. Mit beiden Händen umfasse ich zärtlich seine Männlichkeit und küsse ihn sanft auf die Gliedspitze. Meine Zunge zieht feine Kreise und bringt ihn damit fast zu Wahnsinn.

»Komm hoch zu mir, Baby«, bittet er mich und ich stehe langsam auf, seinen flachen, muskulösen Bauch küssend. Unsere Lippen finden sich wieder und verschmelzen zu einem Ganzen, nachdem er sich nach hinten auf die Couch fallen lässt und mich mit sich zieht. Mit seinen Händen umfasst er meine Brüste und umkreist mit seinen Daumen die aufrecht stehenden Brustwarzen. Mein Körper bebt und ich kann keinen klaren Gedanken mehr fassen. Trunken vor Liebesglück genieße ich jede seiner Berührungen und gebe mich ihm vollständig hin. Nachdem er die Brustwarzen sanft geknetet hat, lässt er von meinen Brüsten ab und hebt mich vorsichtig auf seine Erektion. Langsam lasse ich mich herabgleiten und nehme ihn so vollständig in mir auf. Meine Hände wandern unablässig über seine warme Haut und ich ziehe mit den Fingerspitzen seine Muskeln nach. Unsere Bewegungen passen sich einem gleichmäßigen Rhythmus und die Wellen der Erregung durchfluten meinen Körper.

Erschöpft löse ich mich von ihm und lasse mich in die Polster der Couch sinken. Er streicht mir eine Haarsträhne aus dem verschwitzten Gesicht, zieht mich eng an sich heran und mustert eindringlich mein erhitztes Gesicht, sodass ich schon wieder nervös werde.

»Ist alles okay?«, frage ich leicht beunruhigt.

Er nickt mit einem verschmitzten Lächeln auf den Lippen. »Natürlich Sweetheart. Ich liebe es nur, dich anzuschauen, und kann gar nicht genug von deinem hübschen Gesicht bekommen.«

Verlegen neige ich den Kopf leicht zur Seite. »So ein Blödsinn. Ich habe ein absolutes Allerweltgesicht. Was kann dir daran schon so gut gefallen?« Um meine Unsicherheit zu überspielen, lache ich auf und gebe mich betont cool.

Mit einer Hand hebt er sanft mein Kinn an und schaut mir eindringlich in die Augen. »Deine bezaubernden Sommersprossen auf deiner zarten, hellen Haut. Deine moosgrünen Augen, die so wunderbar deine irische Seele widerspiegeln. Deine freche Stupsnase, die mich beim Küssen kitzelt. Deine sanft geschwungenen Lippen, die sich weich und warm anfühlen. Ich liebe jeden einzelnen Zentimeter an dir Nelly.«

Mein Mund ist trocken und meine Zunge klebt konsequent am Gaumen, sodass ich nicht in der Lage bin, zu antworten. Stattdessen schaue ich ihn sehnsuchtsvoll und glückselig an, während sich eine winzige Träne der Rührung aus meinem Auge stielt. So etwas Schönes hat noch kein Mann zu mir gesagt. Liam wischt mir die Träne aus dem Gesicht und küsst zärtlich mein Haar, nachdem ich meinen Kopf an seine Brust gelehnt habe. So sitzen wir noch gut eine halbe Stunde und genießen schweigend die Zweisamkeit, bis wir schließlich nach oben gehen, um uns schlafen zu legen. In dieser Nacht lieben wir uns noch ein zweites Mal, bevor wir glückselig Arm in Arm einschlafen.

Die nächsten Tage und Wochen verliefen alle mehr oder weniger ähnlich. Die Buckleys kamen jeden Tag vorbei, haben mich bekocht, für mich eingekauft, das Haus geputzt und mir Gesellschaft geleistet. Sie sind eine wunderbare Familie und inzwischen habe ich sie alle in mein Herz geschlossen. Fíona ist eine echte Freundin für mich geworden. Ich habe mit ihr ganze Nächte durchgequatscht, über meinen Ex, ihren Verlobten und Sex und Liebe und Problemzonen. Eben alles, was Frau so bewegt. Sie hat mich über den Verlust von Maximilian hinweggetröstet und mir gut zugeredet, dass ich die richtige Entscheidung getroffen habe. Im Gegenzug habe ich sie so lange bearbeitet, bis sie bereit war, ihre Eltern in ihre Hochzeitspläne einzuweihen. Wir haben gemeinsam Pläne für ihren Junggesellinnenabschied geschmiedet und schließlich habe ich mir ein Herz gefasst und möchte sie heute in die Beziehung zwischen mir und ihrem Bruder einweihen. Wobei ich mir bis jetzt nicht sicher bin, ob wir überhaupt eine Beziehung haben. Er ist unglaublich lieb zu mir und wir schlafen miteinander und harmonieren auch prima im Bett, aber er hat nie in Erwägung gezogen, unsere Beziehung offiziell zu machen und es seinen Eltern zu sagen. Jedes Mal wenn sein Vater oder seine Mutter bei mir vorbeikamen und er gerade noch da war, gab es peinlich schweigsame Momente, in denen ich mich am liebsten in einem Loch verkrochen hätte. Die letzten zwei Wochen kam er auch nicht mehr täglich vorbei und übernachtet hat er letzte Woche nur noch einmal bei mir. Diese vertrackte Situation, nicht genau zu wissen woran ich bin, macht mir mehr zu schaffen, als ich es zugeben möchte. Obwohl ich mir geschworen hatte, nach der Pleite mit Max vorerst die Finger von Männern zu lassen, bin ich nun unendlich traurig darüber, in Bezug auf Liam keine Gewissheit zu haben, und ich muss mir eingestehen, dass es mich durch und durch erwischt hat. Ich habe mich in Liam verliebt.

Bereit für den großen Tag?

»Die Dinge nehmen ihren Lauf, so übe dich stets in
GEDULD.«
Weisheit aus Irland

Ein Klopfen an der Tür lässt mich aus meinen Gedanken hochfahren.

»Komm rein, es ist offen.« Fíona steht schon im Flur, bevor ich den Satz beendet habe.

»Guten Morgen Nelly. Bereit für den großen Tag?« Ihre wilden roten Locken ausschüttelnd, verspritzt sie Regenwasser im Flur.

»Ich habe noch gar nicht gemerkt, dass es regnet. Klar bin ich bereit. Ich kann es gar nicht abwarten, das Ding endlich loszuwerden.« Heute findet der große Termin bei Doktor Fitzpatrick statt. Der Fuß wird erneut geröntgt und je nach Ergebnis entscheidet der Doktor dann hoffentlich, dass er den Gips durch eine leichtere Schiene ersetzen kann. Zum Glück hat er in seiner Praxis die entsprechenden technischen Möglichkeiten, somit brauche ich nicht nochmal den

Weg nach Galway auf mich nehmen. Eigentlich wollte Mister Buckley mich zum Arzt fahren, aber der liegt mit einer Grippe im Bett und Liam hat heute den ganzen Tag eine Gruppe Touristen, die eine Inselrundfahrt gebucht haben. Deshalb holt mich seine Schwester nun mit der Kutsche ihres Vaters ab.

Der Regen hat zum Glück etwas nachgelassen, sodass wir nicht komplett durchgeweicht werden. Es ist zwar nichts Besonderes in Irland, vom Regen durchnässt zu werden, aber ich habe mich immer noch nicht so richtig daran gewöhnt.

»Ich muss dir noch etwas anvertrauen«, beginne ich das Gespräch, nachdem wir ein Stück gefahren sind.

»Jetzt bin ich aber gespannt, was für Geheimnisse du mir bis jetzt vorenthalten hast.«

»Es geht um deinen Bruder. Er ... ähm, wir sind ein ..., naja wir schlafen miteinander.« Puh, es ist raus. Angespannt schaue ich meine Freundin an.

»Ich weiß«, antwortet sie, »kein Grund, so um den heißen Brei zu reden.«

Ich bin baff. »Woher weißt du es? Hat er es dir erzählt?«

»Nein. Dazu ist mein Bruder zu anständig. Aber ich kenne ihn halt gut. Als ihr euch das erste Mal im Joe Wattys gesehen habt, da hat es ihn schon erwischt. Und wenn du ehrlich bist, dich auch.« Sie grinst mich frech an.

»Hm, naja. Da könntest du Recht haben«, gebe ich kleinlaut zu.

»Warum schaust du dann so traurig aus der Wäsche? Was ist los Nelly?«

»Ach, ich weiß auch nicht. Ich bin mir nicht sicher, wie dein Bruder zu der Geschichte steht.« Ich bin froh, dass ich jetzt endlich mit meiner Freundin darüber reden kann.

»Wie soll er dazu stehen? Ich weiß nicht, was du meinst. Er ist total vernarrt in dich.«

»Da bin ich mir nicht so sicher.« Ich starre nachdenklich auf die Mähne von Calimero.

»Wie kommst du darauf?« Fíona wirft mir einen stirnrunzelnden Blick zu.

»Die letzten Tage ist er immer seltener bei mir vorbeigekommen. Fast so, als würde er sich von mir zurückziehen. Ich weiß ja noch nicht mal, ob wir sowas wie eine Beziehung haben oder ob er in mir nur eine Frau für gelegentlichen Sex sieht. Wahrscheinlich ist es so. Ich bin so dumm.«

»Stopp!«, unterbricht Fíona meinen Redefluss. »So einer ist mein Bruder nicht. Er schläft nicht einfach so mit Frauen, um Spaß zu haben.« Jetzt funkelt sich mich richtig aufgebracht an.

»Entschuldige bitte, ich wollte weder deinem Bruder noch dir zu nahe treten. Aber warum hat er euch dann nichts von uns erzählt? Warum verheimlicht er unsere Beziehung?«

»Das weiß ich nicht Nelly. Vielleicht nimmt er nur Rücksicht auf dich und will nicht gleich mit der Tür ins Haus fallen. Er ist ein sehr rücksichtsvoller Mensch und darf ich dich daran erinnern, dass du gerade eine Trennung hinter dir hast?«

Betreten schaue ich auf meine Finger, die ich nervös im Schoß knete. Wir sind vorm Medical Center angekommen und Fíona stoppt den Wagen. Mein Kopf ist total leer und ich weiß gerade nicht, was ich denken soll und was richtig oder falsch ist. Aber ich fühle mich mies, weil sie offenbar gekränkt ist.

»Es tut mir leid«, krächze ich heiser, »dein Bruder ist ein wunderbarer Mensch und ich liebe ihn sehr.« Tränen überfluten meine Augen und ich kann sie kaum zurückhalten.

»Alles ist gut Nelly. Er liebt dich auch. Da bin ich mir absolut sicher.« Sie legt ihren Arm um mich und drückt mich fest an sich. »So und nun lass uns rein gehen und deinen Gips loswerden.«

Im Wartezimmer des Medical Centers ist ziemlich was los für so eine kleine Insel. Da ich aber die einzige Patientin bin, die geröntgt werden soll, und ganz nebenbei mit meinen 28 Jahren die Jüngste, muss ich nicht warten. Die Arzthelferin führt mich in den Röntgenraum und kümmert sich um die Aufnahmen. Ich bin total hibbelig und muss mich zusammenreißen, damit ich mich, während der Aufnahmen nicht bewege.

»Warten Sie bitte draußen im Wartezimmer, bis sich der Doktor die Aufnahmen angesehen hat, Miss Nolan. Ich drück Ihnen die Daumen.« Sie hält ihren gestreckten Daumen in die Höhe und lächelt zuversichtlich.

»Danke. Ich hoffe sehr, dass ich dieses Monstrum heute loswerde.«

Im Wartezimmer versucht mich Fíona, von meiner Nervosität abzulenken.

»Hast du inzwischen eigentlich eine Idee, wie es mit deiner beruflichen Zukunft hier weitergeht, nachdem deine Fotografenkarriere erstmal auf Eis liegt?«, will sie von mir wissen.

Muss meine Freundin ausgerechnet dieses heikle Thema auswählen, um mich auf andere Gedanken zu bringen? Resigniert stöhne ich auf. »Wenn ich das wüsste. Irgendwie habe ich mir den Neuanfang in Irland viel einfacher vorgestellt.«

»Och Nelly, denk mal nicht so negativ. Die Idee als Fotografin zu arbeiten war doch im Grunde sehr gut und passt auch zu dir.«

»Wenn ich nicht so ungeschickt gewesen wäre, und die Kamera nicht schnurstracks am ersten Tag geschrottet hätte«, entgegne ich gequält.

»Was spricht dagegen, dir eine neue Kamera zu kaufen und wenn du heute den Gips losbekommst, wieder neu durchzustarten?«

»Hast du eine Ahnung, was so eine Profikamera kostet?«

»Ja, ja, ich weiß. Und du bist zu stolz, um das Geld deiner Eltern anzurühren.« Fíona rollt die Augen und zieht ihre Stirn in Falten.

»Das hat nichts mit Stolz zu tun. Du willst es einfach nicht verstehen, oder?«

»Doch, ich verstehe dich. Du möchtest unabhängig sein und auf eigenen Füßen stehen. Glaub mir Nelly, für diesen Ehrgeiz bewundere ich dich. Aber was willst du jetzt machen?«

»Ich habe schon die letzten Wochen immer wieder die Stellenanzeigen durchgesehen und versuche, vorläufig eine Stelle als Werbegrafikerin zu bekommen. Bis jetzt war leider noch nichts Passendes dabei.«

Gerade als meine Freundin zur Antwort ansetzt, streckt Doktor Fitzpatrick seinen Kopf zur Tür heraus.

»Miss Nolan, kommen Sie bitte.« Mein Puls schnellt in sekundenschnelle in die Höhe und ich bekomme feuchte Hände. Der Gesichtsausdruck von Doktor Fitzpatrick verrät nicht die geringste Kleinigkeit. Mein Mund ist plötzlich staubtrocken. Angespannt setze ich mich auf den Stuhl und starre auf das Röntgenbild meines Fußes, das bereits im Leuchtkasten klemmt. Wenn ich doch nur etwas erkennen könnte. Endlich nimmt auch der Doktor seinen Platz mir gegenüber ein. Meine Nerven sind zum Zerreißen gespannt, ich halte die Luft an und lausche dem, was er mir zu sagen hat.

»Wie geht es Ihnen, Miss Nolan?«

So ein Fiesling! Warum lässt er mich hier zappeln und redet nicht gleich Tacheles? Wenn der verdammte Gips noch dran bleiben muss, dann raus mit der Sprache. Die Wahrheit wird für mich nicht angenehmer, wenn du sie hinauszögerst. Ich versuche ein Lächeln.

»Schmerzen habe ich seit einer Woche fast gar nicht mehr. Naja, es juckt halt ziemlich unter dem Gips und ich habe fest damit gerechnet, ihn heute loszuwerden. Durch die Krücken habe ich ja inzwischen schon Bodybuilder-Oberarme.«

»Ja das Laufen auf Krücken gibt Muskelkraft in den Armen. Dann will ich Sie mal nicht länger auf die Folter spannen. Der Bruch ist, soweit ich das sehen kann, sehr gut verheilt und ich werde Sie heute von ihrem Gips befreien.«

Ich quieke vor Freude auf und würde der Gips mich nicht zurückhalten, dann würde ich auf der Stelle aufspringen und dem Doktor um den Hals fallen.

»Das ist großartig! Sie machen mich heute zur glücklichsten Patientin auf Inishmore. Ach was sage ich, in ganz Irland.«

»Aber einen kleinen Wermutstropfen habe ich dennoch für Sie. Ich möchte, dass Sie zur Sicherheit und Unterstützung der Heilung noch ein, besser zwei Wochen eine Schiene tragen. Diese dürfen Sie zum Duschen oder Baden ablegen. Und Ihre Krücken behalten Sie bitte auch noch, damit Sie ihr Bein noch etwas entlasten können.«

»Alles was Sie wollen Doktor«, strahle ich ihn übers ganze Gesicht an.

Als wenige Minuten später die Oszillationssäge über dem Fuß zu kreischen beginnt, wird mir doch etwas mulmig zumute, was die Arzthelferin wohl auch bemerkt.

»Keine Sorge. Es wird nichts passieren.« Sie tätschelt kurz meine Hand, während der Arzt beginnt, den Gips aufzusägen. Was für eine Wohltat, als endlich Luft an den Fuß kommt. Die Haut sieht total komisch und schrumpelig aus. Logisch, ich hatte diesen Gips ja auch vier Wochen lang. Die Arzthelferin wäscht den Fuß und das Bein ab und cremt dann alles ein. Anschließend verpasst mir der Doktor die flexible Schiene.

»Bitte denken Sie auch daran, dass sich ihre Muskeln zurückgebildet haben. Schön langsam und vorsichtig, Miss Nolan.«

»Versprochen, Doktor Fitzpatrick.« Jetzt kann ich doch nicht an mich halten und gebe ihm zum Abschied ein Küsschen auf die Wange. »Danke für alles.«

Beschwingter und mit deutlich weniger Gewicht an mir verlasse ich zusammen mit Fíona die Praxis.

»Bleibst du noch auf einen Kaffee oder Tee?«, bitte ich meine Freundin. Wir haben alle Einkäufe ins Haus getragen, die wir auf dem Rückweg im Supermarkt eingekauft haben. Jetzt bin ich zwar müde, möchte aber nicht wirklich allein sein.

»Sorry Nelly! Ich habe Mom versprochen, sie im Laden abzulösen. Nicht böse sein.« Sie schaut mich ziemlich verknittert an und hat offensichtlich wirklich ein schlechtes Gewissen.

»Nicht schlimm. Mach dir keine Sorgen, ich komme klar.«

»Okay. Ich ruf dich an. Genieß deine neue Freiheit.«

»Ich glaube, ich werde erstmal ein richtiges Bad nehmen. Grüß deine Mom herzlich von mir.«

Während ich die Tür hinter meiner Freundin schließe, überlege ich, was ich jetzt tun soll. Die Idee mit dem Bad klingt tatsächlich sehr verlockend, konnte ich doch mit dem Gips die letzten Wochen nicht in die Badewanne. Vergnügt schaue ich auf die Tüten mit den Einkäufen und sage ihnen trotzig: »Ihr könnt warten!«

Rosenduft und Hormone

»Nimm dir Zeit zum NACHDENKEN, es ist die
Quelle der Kraft.«
Weisheit aus Irland

Voller Vorfreude gehe ich ins Badezimmer und drehe das heiße Wasser auf. Für ganz besondere Anlässe habe ich mir eine Schachtel mit sündhaft teuren Badepralinen aufgehoben. Heute ist so ein besonderer Anlass und ich entscheide mich für die Sorte Urban Rose Mallow. Pflegende Shea-Butter und verlockend duftendes Rosenöl verteilen sich zusammen mit echten Rosenblütenblättern im Badewasser. Für einen Moment schließe ich die Augen und sauge den verführerischen Duft in mich auf, der mich auf einer Wolke der Wonne davon schweben lässt. Ungeduldig öffne ich die Schiene am Bein und ziehe die Klamotten aus. Die Wanne ist bereits fast voll und so gehe ich mir noch ein paar Kerzen holen, die ich im Bad verteile und anzünde. Dann tauche ich ein in ein wohlig warmes und betörendes Paradies.

Unglaublich. Erst jetzt wird mir bewusst, wie sehr ich das hier die letzten Wochen vermisst habe. Manchmal sind es auch die kleinen Dinge im Leben, die einen eine große Freude bereiten.

Der schwere Rosenduft und die Wärme lullen mich immer weiter ein und irgendwann übermannt mich einfach die Müdigkeit.

Als irgendetwas über meine Brustwarzen streift, werde ich langsam wieder wach. Noch bevor ich die Augen aufschlage, weiß ich, dass Liam da ist. Sein Aftershave steigt mir in die Nase und lässt sofort meine Hormone verrückt spielen.

»Hey. Hör auf keinen Fall auf damit«, hauche ich ihm zu und schaue in seine Augen.

»Hi Sweety.« Liebevoll drückt er mir einen Kuss auf die Stirn und liebkost dann weiter die steifen Brustwarzen, die sich ihm vorwitzig entgegenrecken. »Du bist deinen Gips los.«

»Ja. Das ist toll oder?«

»Das ist fantastisch. Jetzt können wir so richtig wilden Sex haben, ohne von deinem Gips behindert zu werden.« Neckisch kneift er kurz zu und ich stöhne auf.

»Komm zu mir«, bitte ich ihn und setze mich aufrecht hin.

»Das könnte aber eng werden.« Schmunzelnd knöpft er sich bereits die Jeans auf.

»Ich kann ja etwas Wasser ablassen, bevor du zu mir steigst.« Voller Übermut puste ich etwas Schaum in seine Richtung. Die Strafe folgt auf dem Fuße. Er schnappt sich den Zahnputzbecher, füllt ihn mit eiskaltem Wasser und leert ihn über meinem Kopf aus.

»Na warte.« Mit einer Handvoll Wasser spritze ich ihn von der Wanne aus nass. Als Antwort packt er meine Handgelenke, hält sie fest und gibt mir einen innigen Kuss, den ich fordernd erwidere. Als er sich von mir löst, schnappe ich nach Luft. Mir ist ganz schwindelig vor Erregung und mein Schoß brennt vor Verlangen. In Windeseile schlüpft er aus seinen Klamotten, steigt dann zu mir in die Wanne und setzt sich hinter mich, sodass ich mich an seinen Bauch anlehnen kann. Sein muskulöser Oberkörper fühlt sich warm und fest an und ich presse meinen Rücken dagegen. Unsere Körperzellen verschmelzen fast zu einer Einheit, während ich den Kopf nach hinten neige und sich unsere Lippen erneut zu einem heißen Kuss finden. Sanft und spielerisch knabbere ich an seiner Unterlippe, bis er seine Zunge fordernd nach vorn stößt und mit ihr meine Lippen teilt. Gleichzeitig wandern seine Hände auf meinem Bauch entlang und mit seinen Fingern zeichnet er kleine Kreise, was in mir ein unglaubliches Prickeln auslöst. Mein Unterleib pulsiert und sehnt sich nach seinen Berührungen. Als ob er meine Gedanken lesen kann, wandern seine Finger weiter nach unten und massieren meine kleine Perle. Mein Aufstöhnen wird von unserem Kuss gedämpft und ich spüre, wie seine Männlichkeit hart gegen meinen Po stößt. Beinahe schwerelos gleite ich auf einer Welle der Lust davon. Immer wieder lässt er seine Finger in mich hineingleiten und treibt mich so zum Höhepunkt. Langsam drehe ich mich zu ihm um, was in der beengten Badewanne gar nicht so einfach ist, und schlinge meine Beine um seine Hüften. Mit beiden Händen packt er meinen Po und zieht mich näher an sich heran, sodass er in mich eindringen kann. Meine Finger krallen sich am Wannenrand fest, sodass die Knöchel weiß hervortreten und ich drücke mein Becken nach unten, um ihn vollständig in mir aufzunehmen. Auch er sucht nun Halt am Beckenrand und bewegt sich mit rhythmischen Stößen in mir, erst langsam und vorsichtig, dann immer schneller und heftiger. Mit keuchenden Atemzügen steuere ich auf einen weiteren Orgasmus zu. Die Welt um mich herum versinkt und ich fixiere seine Augen. Mein Unterleib zuckt in Wellen, während er laut stöhnend ebenfalls zum Höhepunkt kommt. Für einige Momente verharren wir in dieser Position und genießen einfach nur diesen verzauberten Augenblick. Am liebsten würde ich noch ewig so vereint mit ihm dasitzen, doch irgendwann lässt jede Erektion nach und wir lösen uns voneinander. Noch eine Weile liegen wir kuschelnd im Wasser und ich sauge den endorphingeladenen Glücksmoment in mich auf. Erst als unsere Haut schrumpelig ist und wir anfangen, in dem kalten Wasser zu frieren, verlassen wir die Badewanne, rubbeln gegenseitig unsere Körper trocken und ziehen uns wieder an.

»Wenn du möchtest, koche ich uns jetzt ein leckeres Abendessen«, schlägt Liam vor, nachdem wir die Einkäufe in den Schränken verstaut haben.

»Da fragst du noch? Ich kann mir nichts Schöneres vorstellen, als von dir mit einem fantastischen Abendessen verwöhnt zu werden«, erwidere ich grinsend.

»Okay, fast nichts Schöneres«, schiebe ich schnell nach, als er schon entrüstet die Hände in die Hüften gestemmt hat. »Ein Essen von dir kommt gleich an zweiter Stelle nach Badewannensex mit dir.«

»Komm her du frecher, kleiner Engel.« Versunken in einem innigen Kuss mit Liam fühlt es sich an, als sei die Zeit angehalten und die Welt um mich herum würde stillstehen. Hätte ich die Macht dazu, würde ich diesen wunderbaren Moment für die Ewigkeit festhalten. Doch da nichts auf der Welt für die Ewigkeit gemacht ist, löst sich Liam wieder von mir und streicht mir noch einmal vertraut durch meine Locken.

»Dann lass mich mal schauen, was ich aus deinen Vorräten zaubern kann.« Mit diesen Worten steckt er seine Nase erneut in den Kühlschrank und holt einen Teil der von mir gekauften Lebensmittel wieder heraus.

»Es gibt Rinderschmortopf mit Möhren-Kartoffelstampf«, verkündet er und mir läuft bereits bei dem Gedanken daran das Wasser im Mund zusammen. Gut gelaunt setze ich mich an den Küchentisch und beobachte Liam fasziniert. Die ganze Szenerie kommt mir fast vor wie ein Traum, der zu schön ist, um wahr zu sein. Ein Mann, mit dem nicht nur der Sex göttlich ist, sondern der auch noch in der Küche absolut heldenhafte Taten vollbringt. Diese Spezies hielt ich für längst ausgestorben.

»Wo hast du eigentlich gelernt, so gut zu kochen?«, will ich von ihm wissen.

»Von Mom.« Vergnügt zwinkert er mir zu. »Schon als Teenager habe ich ihr sonntags in der Küche geholfen und habe sehr schnell meine Leidenschaft fürs Kochen entdeckt.«

»Ich muss dir ein Geständnis machen.«

Stirnrunzelnd schaut er mich an. »Was denn?«

»Ich bin eine miserable Köchin.« Meinen ernsten Gesichtsausdruck kann ich nicht lange aufrecht erhalten und so kichern wir beide los.

»Das macht doch nichts. So hast du wenigstens keine Berechtigung, dich nachher über das Essen zu beschweren.«

»Das käme mir ohnehin niemals in den Sinn.« Das Haus duftet bereits herrlich nach dem Essen, aber Liam vertröstet mich noch um eine viertel Stunde.

»Ein richtiger Schmortopf braucht eben seine Zeit, Sweatheart.«

Um die Wartezeit zu überbrücken, beschließe ich, die Stellenanzeigen durchzusehen. Tatsächlich finde ich auch zwei passende Angebote, beide in Galway, jeweils in einer anderen Werbeagentur. Eilig schreibe ich mir die Telefonnummern mit den passenden Ansprechpartnern raus, damit ich gleich morgen früh dort anrufen kann.

Als ich zurück in die Küche komme, ist der Rinderschmortopf fertig und Liam bereits dabei, das Essen auf den Tellern anzurichten. »Perfektes Timing, ich bin gerade fertig geworden. Setz dich Sweety.«

»Das riecht köstlich. Ich muss im Himmel sein, dass ich so von dir verwöhnt werde.«

»Probiere erstmal, bevor du mich mit Lob überschüttest«, wiegelt er ab und diese Bescheidenheit lässt ihn noch viel attraktiver erscheinen.

Während des Essens überlege ich, ob ich Liam auf unsere Beziehung anspreche. Auch wenn seine Schwester sich dahingehend absolut sicher war, ich bin es nicht und hätte gern endlich Gewissheit. Irgendwie kann ich mich jedoch nicht überwinden. Jedes Mal wenn ich ansetze und ihn fragen will, zieht sich ein Knoten in meinem Magen weiter zusammen. Die panische Angst davor, mich wieder einmal in einem Mann getäuscht zu haben, die Angst vor der Verletzung und Demütigung und vor dem Alleinsein beherrscht meine Gedanken. Die Geschichte mit meinem Ex steckt mir offenbar doch tiefer in den Knochen, als ich gedacht habe. Also konzentriere ich mich auf mein Bauchgefühl und das sagt mir, dass mir gegenüber ein wunderbarer Mann sitzt, der gerade für mich gekocht hat, nachdem wir unglaublichen Sex hatten und der mich einfach lieben muss.

»Bleibst du über Nacht?«, frage ich, nachdem wir mit dem Abendessen fertig sind.

»Sorry Sweetheart. Ich kann heute nicht bleiben. Nicht traurig sein bitte.« Er steht auf, gibt mir einen Kuss auf die Stirn und räumt dann den Tisch ab.

»Kein Problem. Alles ist gut«, versuche ich, meine Enttäuschung zu überspielen. Was hat er so Wichtiges vor und warum erzählt er mir nicht, warum er nicht bleiben kann? Da sind sie wieder, all die Zweifel. Nur mit Mühe kann ich die Tränen zurückhalten und lächle tapfer, während ich ihm einen Abschiedskuss gebe und ihn an die Tür begleite. Sobald sie hinter ihm ins Schloss fällt, rutsche ich benommen an ihr herunter und setze mich auf den Fußboden. Eine fiese Stimme in meinem Kopf ruft mir hämisch zu, dass er mich nur fürs Bett benutzt. Verzweifelt vergrabe ich mein Gesicht in den Handflächen und versuche nicht auf diese teuflische Stimme zu hören. Er hat seine Gründe, Nelly. Sei nicht immer gleich so misstrauisch, beruhige ich mein Gewissen.

Mühselig rappele ich mich wieder auf und gehe dann den Abwasch erledigen. Danach verziehe ich mich mit einer heißen Milch mit Honig und einem Buch ins Bett und lese, bis mir die Augen zufallen.

Auf Regen folgt noch mehr Regen

»Ich wünsche dir einen REGENBOGEN nach
Regenschauern an einem Sonnentag.«
Irischer Segenswunsch

Vor zwei Tagen war ich in Galway zum Vorstellungsgespräch. Ich hatte gleich am nächsten Morgen beide Werbeagenturen erwartungsvoll angerufen. Doch die erste Agentur hat sich mit blöden Ausreden um Kopf und Kragen geredet und ich hatte das untrügliche Gefühl, dass die schlichtweg keine Ausländerin einstellen wollten. Die zweite Werbeagentur hat mich dagegen spontan für den darauffolgenden Tag zum Vorstellungsgespräch eingeladen.

Das Interview mit der Personalleiterin war sehr angenehm und ich habe mich meines Erachtens von meiner besten Seite gezeigt. Und das, obwohl ich schon völlig fertig dort ankam. Ich habe schlicht unterschätzt, wie anstrengend der Weg mit der Fähre und dann mit dem Bus bis nach Galway ist. Auch ohne Beinschiene und Krücken muss man einiges an Zeit einplanen. Eben mal schnell in die Stadt fahren ist hier einfach nicht möglich.

Sie versprach sich auf jeden Fall bald zu melden und verkündete, dass sie sehr gute Chancen für mich sehen würde. Beschwingt habe ich mich auf den Rückweg zur Fähre gemacht und war singend und glücklich abends wieder zu Hause angekommen.

Seitdem lasse ich das Telefon nicht mehr aus den Augen, hoffentlich klingelt es bald und der erlösende Anruf kommt. Doch das blöde Ding bleibt stumm. Ich habe es schon angeschrien, angefleht, lieb gestreichelt, aber es will einfach nicht klingeln. Auch von Liam habe ich seit unserem gemeinsamen Wannenbad vor vier Tagen nichts mehr gehört, was mein Misstrauen nur noch weiter schürt. In meiner Verzweiflung und um mich abzulenken, putze ich das ganze Haus. Eigentlich hasse ich jegliche Putztätigkeiten, aber heute empfinde ich es als beruhigend und heilsam und stelle überrascht fest, dass ich sogar dabei entspanne und die Gedanken treiben lassen kann. Bilder aus meiner Kindheit kommen aus der Erinnerung hervor und ich sehe Grandma, wie sie zusammen mit mir am Strand hinter ihrem Haus ist.

An diesem Tag hatten wir wie so oft unsere Schuhe ausgezogen und unter einen Felsen gelegt, und ließen uns das kalte Atlantikwasser um die Beine spülen. Voller Übermut sprang ich in den Wellen herum und mein Kinderlachen erfüllte die Luft. Meine Großmutter hatte dabei einen sehr glücklichen Gesichtsausdruck und beobachtete mich mit einem versonnenen Lächeln im Gesicht.

Ich vermisse dich so sehr, Granny!

Das Klingeln des Telefons reißt mich aus den Erinnerungen und holt mich zurück in die Gegenwart. Mein Herz rast von einer Sekunde auf die nächste und ich muss einen Moment lang überlegen, wo das Handy liegt. Hastig drehe ich den Kopf hin und her und orte schließlich den Klingelton im Wohnzimmer. So schnell meine Schiene es zulässt, sprinte ich an den Tisch und schnappe mir das Ding. Keine Zeit mehr aufs Display zu schauen, zu groß ist meine Angst, dass der Anrufer vor Ungeduld wieder auflegt, bevor ich antworten kann.

»Hallo? Hier ist Nelly Nolan!«, sage ich ziemlich außer Atem.

»Miss Nolan. Hier ist Ayleen Turner.«

Hörbar erleichtert atme ich aus. Die Personalchefin. Endlich! Tief durchatmen, Nelly. Sie soll nicht merken, wie aufgeregt du bist.

»Hallo Frau Turner. Das ist schön, dass Sie sich so schnell melden«, sage ich und halte anschließend voller Erwartung den Atem an.

»Ich hatte ja versprochen, mich auf jeden Fall zu melden, Miss Nolan.« Oh oh, das klingt nicht gut. »Wir haben intern ein kleines Meeting abgehalten und alle Bewerbungen durchgesprochen. Die meisten von uns waren zwar sehr beeindruckt von Ihren Referenzen ...« Das klingt ganz und gar nicht gut. Ich merke, wie mir alles Blut in die Beine sackt. »... aber die Entscheidung ist leider auf eine andere Mitbewerberin gefallen. Es tut mir leid Miss Nolan.«

»Ich danke Ihnen für den Anruf«, bringe ich noch im Flüsterton hervor, bevor ich das Gespräch wegdrücke und benommen auf die Couch sinke. Ich kann es einfach nicht fassen, war ich mir doch zu hundert Prozent sicher, dass ich diesen Job in der Tasche habe. Diese Absage trifft mich härter, als es eigentlich gerechtfertigt wäre. Mutlosigkeit und Traurigkeit nehmen Besitz von mir. So kenne ich mich gar nicht. Bisher war ich immer ein optimistischer Mensch, den so schnell nichts aus der Bahn geworfen hat. Erst recht keine läppische Absage auf eine Bewerbung. So ist nun mal das Geschäftsleben. Aber mein Neuanfang hier auf der Insel scheint wirklich unter keinem guten Stern zu stehen und langsam kommen die Zweifel wieder hoch, ob ich die richtige Entscheidung getroffen habe. Kann ich jetzt noch zurück in mein altes Leben? Nachdem ich alle Verbindungen gekappt habe? Nachdem ich die Wohnung dort verkauft habe? Ich war sicher, dass ein Neuanfang das Beste für mich ist, aber nun bin ich überhaupt nicht mehr sicher.

Es klopft an der Tür. Vielleicht ist es Liam, ist mein erster Gedanke und meine schlechte Laune hellt sich etwas auf. Doch schon im nächsten Moment höre ich die Stimme seiner Schwester.

»Nelly, bist du da?«

»Ja. Komm rein!« Enttäuscht öffne ich die Tür und sie huscht an mir vorbei, denn draußen regnet es.

»Puh. Warum muss das gleich so kalt werden?« Sie schüttelt sich, zieht ihre Schuhe aus und stellt sie neben die Eingangstür. Der Sommer war wirklich sehr abrupt in einen kühlen Herbst übergegangen.

»Möchtest du was Heißes zu trinken?«, frage ich sie, während ich ihr die Jacke abnehme und an die Garderobe hänge. »Ich brauche jetzt auf jeden Fall was.«

»Du siehst furchtbar aus, Nelly. Was ist passiert? Wenn du dir was machst, trinke ich mit.«

Gemeinsam gehen wir in die Küche und ich setze Kaffee auf.

»Die Personalchefin hat mich gerade zurückgerufen«, antworte ich ihr dann auf ihre Frage und hole die Kaffeegläser aus dem Schrank.

»Oh holy shit! Das tut mir so leid Nelly. Ich dachte ehrlich, du hast den Job. Das Gespräch war doch so gut gelaufen.« Sie reicht mir die Whiskyflasche und ich gieße in beide Gläser zwei Finger breit ein.

»Reichst du mir bitte den Rohrzucker? Der steht da drüben. Ja ich war mir auch absolut sicher. Aber offenbar hat mich meine Menschenkenntnis verlassen.«

»Hast du Sahne, dann schlage ich die auf? Haben Sie dir einen Grund genannt, warum sie sich gegen dich entschieden haben?«

»Ja im Kühlschrank steht Sahne. Nein nicht wirklich. Angeblich habe ich alle mit meinen Referenzen beeindruckt, aber leider fiel die Wahl auf eine andere. Bla bla bla.« Genervt verdrehe ich die Augen und rühre je einen Löffel Rohrzucker in den Whisky ein.

»Ach Süße, die sind schön dumm, wenn Sie auf dich verzichten«, versucht meine Freundin, mich aufzumuntern, während sie die Schlagsahne aufschlägt. Der Kaffee ist in der Zwischenzeit durchgelaufen und ich gieße ihn in die Gläser. Fíona gibt in jedes Glas noch einen Klecks Sahne und wir gehen mit unseren Irish Coffees[3] ins Wohnzimmer.

»Ich bin trotzdem sehr traurig«, nehme ich den Faden wieder auf. »Ich hatte mich so auf diesen Job gefreut.«

»Das weiß ich und kann es auch gut verstehen. Aber du bist doch auf diesen Job überhaupt nicht angewiesen.« Sie spielt auf das Geld an, welches ich

---

[3]   Das Rezept findet ihr hinten im Buch.

von meinen Eltern geerbt habe. Nachdenklich nippe ich am Kaffee, bevor ich ihr antworte.

»Für Außenstehende ist das sicher nur sehr schwer zu verstehen. Ich möchte gern auf eigenen Füßen stehen und mich nicht auf den Lorbeeren meiner Eltern ausruhen. Weißt du, ich habe mit mir selbst einen Pakt geschlossen. Das Geld meiner Eltern sehe ich als eine Reserve für die absolute Notlage oder eben, um etwas richtig Sinnvolles damit zu tun. Ich habe schon als Schülerin in den Ferien gejobbt, um mein eigenes Taschengeld zu verdienen.«

»Ich finde deine Einstellung großartig und bewundernswert. Die meisten Menschen würden sich auf die faule Haut legen und das Erbe durchbringen.« Aus ihren Augen kann ich echte Bewunderung ablesen.

»Dann verstehst du mich? Warum der Job so wichtig war?«

Zur Antwort nickt sie und trinkt dann einen großen Schluck Kaffee. »Irgendwie läuft mein Start hier nicht besonders gut.« Entmutigt lasse ich die Schultern hängen.

Fíona stellt ihr Glas ab, steht auf und läuft im Wohnzimmer auf und ab. Verwundert schaue ich ihr hinterher und muss auf einmal losprusten.

»Was ist los?« Verwirrt schaut sie mich an und muss im nächsten Moment ebenfalls lachen.

»Du hast da ...«, ich deute auf ihren Mund.

»Du auch Süße.« Mit dem Handrücken beseitigen wir unsere Schlagsahnebärtchen und grinsen uns an.

Nachdem sie noch drei Runden unruhig vorm Kamin auf und ab getigert ist, setzt sich Fíona wieder zu mir auf die Couch.

»Nelly Süße, hör zu! Ich habe da eine Idee und ich glaube, das wäre genau das Richtige für dich.«

»Eine Idee? In Bezug auf was?« Ich leere in einem Zug meinen Kaffee und lehne mich zurück.

»Naja. Du möchtest auf eigenen Füßen stehen und dein eigenes Geld verdienen richtig?«

Nickend warte ich gespannt, was sie mir zu sagen hat.

»Egal wo du einen Job annimmst, es würde doch aber bedeuten, dass du das Haus hier aufgeben müsstest, und rüber nach Galway oder wo auch immer ziehen müsstest. Zumindest bräuchtest du eine Wohnung während der Woche.«

Mist, soweit hatte ich noch gar nicht gedacht. Aber sie hat natürlich recht. Die Fähre fährt viel zu selten und auch viel zu spät, um morgens pünktlich an der Arbeit zu sein. Täglich zu pendeln wäre ein schwieriges Unterfangen.

»Ja das stimmt natürlich. Das habe ich noch gar nicht bedacht. Aber ich suche ja auch nur zeitweise einen Job, bis ich wieder etwas Geld angespart habe, um mir eine neue Kamera leisten zu können. Dann kann ich mich endlich als Fotografin selbständig machen. Die Zeit bis dahin könnte ich mit einer kleinen Wohnung drüben überbrücken.«

»Ja, ja! Aber nun lass mich mal ausreden. Ich habe da eine Idee, wie du hier auf Inishmore eine Existenz aufbauen kannst.«

Jetzt hat sie meine volle Aufmerksamkeit. »Und wie?«, frage ich neugierig.

»Versprich mir, dass du mir erstmal komplett zuhörst, bevor du etwas dagegen sagst, okay?«

»Jetzt mach es nicht so spannend. Ich verspreche es.«

»In der Nähe von Dún Eochla steht ein kleines Cottage schon seit einigen Jahren leer. Der Besitzer wohnt, soweit ich weiß, in Sligo und würde das Ding lieber gestern als heute verkaufen.« Ich frage mich, worauf das Ganze hinausläuft, aber da ich versprochen habe, ihr zuzuhören, halte ich brav meinen Mund. »Du hast vorhin angedeutet, dass du das Geld deiner Eltern durchaus dafür verwenden würdest, dir etwas Eigenes aufzubauen. Richtig?«

»Ja schon, unter Umständen. Aber wozu soll ich noch ein weiteres Haus kaufen? An Touristen vermieten?« Darauf habe ich nun wirklich keine Lust. Betten machen für Touristen. Genervt schüttele ich den Kopf und hebe abwehrend die Hände in die Luft.

»Nein, hör zu. Das Haus liegt strategisch sehr günstig. Dort gibt es mehrere Ausflugsziele für

Touristen aber nichts, wo diese Rast machen können. Verstehst du?«

Ich verstehe nur Bahnhof und schüttele den Kopf.

»Nelly, das liegt doch auf der Hand.« Sie packt mich an den Schultern, so als wolle sie mich wachrütteln. »Du kaufst das Ding, renovierst es und baust es zu einem kleinen Café um. Frühstücksangebot für die Übernachtungsgäste, Mittagstisch und Nachmittagskuchen für die Tagestouristen.« Jetzt schaut sie mich erwartungsvoll und enthusiastisch an. »Was sagst du dazu?«

Ich bin platt und fühle mich gerade ziemlich überfahren.

»Puh! Ich weiß nicht. Ich glaube nicht, dass das etwas für mich ist.«

»Nelly, komm schon. Ich finde, du bist genau die richtige Frau dafür. Du hast Unternehmergeist, bist aufgeschlossen, freundlich, fleißig, ehrgeizig. Es wird dir Spaß machen.«

»Ich kann doch gar nicht kochen und backen. Was soll ich da servieren. Und überhaupt, ich habe null Ahnung von Gastronomie.« Allein bei dem Gedanken daran, dass jemand meine Kochunfälle essen soll und obendrein auch noch dafür bezahlen soll, bekomme ich schon graue Haare.

»Das kann man alles lernen. Mein Bruder, er kocht wie ein Gott. Er zeigt dir bestimmt, wie es geht. Ach komm Nelly. Denk wenigstens darüber nach.«

»Liam ist eine treulose Tomate«, lasse ich meinen Frust unvermittelt raus.

»Wieso? Was hat er denn getan?«, fragt Fíona irritiert.

»Er hat nichts getan.« Traurig lasse ich die Schultern hängen. »Seit vier Tagen hat er sich nicht mehr bei mir gemeldet. Anscheinend vermisst er mich überhaupt nicht«, schniefe ich leise.

»Das hat überhaupt nichts mit dir zu tun, Nelly. Er arbeitet nur im Moment sehr viel und übernimmt zusätzlich Fahrten von unserem Vater. Sein Rheuma ist gerade wieder so schlimm.«

Beschämt schaue ich auf den Boden und murmele ein »Ach so, das wusste ich nicht« vor mich hin. Es ist gar nicht meine Art, mich wie ein dummes Tennie-Girl zu benehmen.

»Also, was sagst du zu der Idee mit dem Café?«

Fíona ist dermaßen von der Idee begeistert, dass man meinen könnte, sie möchte das Café selbst eröffnen. Ich bringe es nicht übers Herz, ihr die momentane Freude zu nehmen, nur weil ich der ganzen Sache etwas skeptischer gegenüber stehe.

»Okay! Ich werde es mir durch den Kopf gehen lassen. Aber sei mir bitte nicht böse, wenn ich mich gegen deine Idee entscheide.«

»Nein, ich werde nicht böse sein. Es ist allein deine Entscheidung. Aber ich fände es schade, wenn du dich dagegen entscheidest, denn ich finde, es wäre genau das Richtige für dich, um hier glücklich zu werden.«

Im Moment kann ich ihre Begeisterung weder teilen noch nachvollziehen, aber ich gebe mir große Mühe, nicht komplett teilnahmslos zu wirken. Anschließend quatschen wir noch eine Weile über Fíonas geplante Hochzeit. Die beiden haben zwar immer noch keinen Termin, aber nun hofft sie natürlich, dass wir in meinem neuen Café die Hochzeit feiern können. Draußen ist es bereits dunkel, als sich Fíona verabschiedet und mich nachdenklich und müde zurücklässt.

Schmierige Fahrradketten und Herzensbrecher

»Mögen die grünen Felder Irlands dir HOFFNUNG
schenken ein Leben lang.«
Irischer Segenswunsch

Während der Nacht mache ich kein Auge zu und
wälze mich die ganze Zeit von einer Seite zur
anderen. Gegen vier Uhr morgens gebe ich den
Kampf auf und trotte in die Küche, um mir einen
Kräutertee zu kochen. Mit Teetasse und Laptop
kuschel ich mich auf die Couch und surfe ein bisschen
durchs Internet, um mich ein wenig in das Thema
Gastronomie einzulesen. Bei meinen Recherchen stoße
ich auf den Blog einer deutschen Aussteigerin, die in
Mexiko einen kleinen Imbiss eröffnet hat und über
ihre Erfahrungen schreibt. Auf ihrer Seite lese ich
mich regelrecht fest und merke überhaupt nicht, wie
die Zeit vergeht. Drei Stunden später habe ich jeden
einzelnen ihrer Artikel gelesen und muss gestehen,

diese Frau hat in mir eine gewisse Begeisterung geweckt. Ich weiß zwar noch nicht, ob ich wirklich hier auf der rauen Insel Inishmore mitten im Atlantik ein Café eröffnen möchte, aber ich schließe es inzwischen nicht mehr kategorisch aus.

Die nächsten Stunden verbringe ich auf diversen Seiten im Internet, die Tipps für Existenzgründer geben und die sich mit den behördlichen Vorschriften für solche Art von Gastronomie beschäftigen. Vollkommen hin und hergerissen wäge ich die Vor- und Nachteile dieser wahnwitzigen Idee von meiner Freundin ab. Auf der einen Seite wäre es genau die Art von Herausforderung, die ich liebe, aber ich bin sehr verunsichert darüber, ob ich der Typ Mensch bin, der ein Café führen kann. Ich brauche dringend noch jemanden zum Reden, außer Fíona, die bereits restlos von der Idee begeistert ist und mit Sicherheit keine Negativpunkte finden würde. Da er mir im Zweifel auch das Kochen und Backen beibringen muss, beschließe ich, mit Liam über dieses Vorhaben zu reden. Wenn ich mich beeile, dann erwische ich ihn noch zu Hause, bevor er die ersten Touristen einsammelt. Man soll es kaum glauben, aber auch im Herbst kommen noch genügend Touristen hier auf die Insel, obwohl sich das Wetter die meiste Zeit von der rauen Seite zeigt. Nach einer flüchtigen Katzenwäsche im Bad ziehe ich mir schnell meine Klamotten an, hole das Fahrrad und radele los zum Haus der Buckleys.

Zum Glück bin ich wieder bedeutend mobiler, seit ich anstelle des Gipses nur noch die Beinschiene tragen muss.

Als ich noch etwa hundert Meter vom Cottage entfernt bin, öffnet sich die Haustür und Liam kommt heraus. Puh Glück gehabt, ich erwische ihn noch. Doch dann sehe ich, dass er nicht allein ist. Abrupt trete ich in die Bremse und steige vom Rad ab. Mein Herz verkrampft sich, als ich erkenne, dass eine Frau mit nach draußen gekommen ist. Blond, etwa einen Kopf kleiner als er und sie sieht sehr hübsch aus, soweit ich das aus der Entfernung erkennen kann. Wer zum Teufel ist sie? Unsicher gehe ich ein paar Schritte weiter und schiebe das Rad neben mir her, als er sie plötzlich herzlich in den Arm nimmt und fest an sich drückt. Mir bleibt vor Schreck das Herz fast stehen und ich falle in eine Art Schockstarre. Unfähig mich zu bewegen beobachte ich die beiden. Nach einer gefühlten Ewigkeit löst er die Umarmung wieder und streicht ihr sogleich zärtlich durchs Gesicht, fast so, als würde er ihr eine Träne von der Wange wischen. Du elender Schuft, warum tust du mir das an?

Schließlich gibt er ihr einen Kuss auf die Stirn, sie winkt ihm zum Abschied zu und dreht sich dann um zum Gehen. Vor Schreck lasse ich das Rad in den Straßengraben fallen und schmeiße mich gegen eine Trockenmauer. Auf keinen Fall soll er mich jetzt sehen. Vorsichtig spähe ich über den Rand der Steine und sehe, dass er nochmal zurück ins Haus geht und sie auf ein Fahrrad steigt. So ein Mist, sie kommt in meine Richtung. Was soll ich jetzt nur machen? Es wäre ziemlich albern, wenn sie mich hier im Graben kauernd entdecken würde. Panisch blicke ich mich um. Es bleibt nur noch der Frontalangriff und so hebe ich das Rad wieder auf. Mit aller Kraft reiße ich die Kette herunter, damit ich eine Panne vortäuschen kann. Gerade noch rechtzeitig.

»Kann ich helfen?«, fragt sie, als sie mich mit der Kette in der Hand sieht.

»Vielen Dank. Das ist nichts weiter. Nur die Kette. Danke, ich schaff das schon.« Sie hat gerötete Augen. Anscheinend hat sie gerade geweint und er hat sie tatsächlich getröstet. Sie lächelt mich flüchtig an. »Na dann, viel Erfolg und noch einen schönen Tag.«

Nett ist sie ja. Und wunderschön. Kein Wunder, dass Liam unsere Beziehung nicht öffentlich macht. Er hat zum Vorzeigen eine wesentlich hübschere Frau als mich.

»Danke vielmals. Ihnen auch einen schönen Tag«, rufe ich ihr hinterher und muss dann den dicken Kloß in meinem Hals herunterwürgen. Am liebsten würde ich mich auf der Stelle heulend ins Gras werfen. Mistkerl! Verfluchter Mistkerl! Wie kannst du mir das nur antun? Verbittert kämpfe ich gegen die Tränen an, die stetig meine Augen füllen, denn ich muss erstmal schnell die Kette wieder aufziehen, bevor er mit seiner Kutsche losfährt. Auf gar keinen Fall möchte ich ihn in diesem Moment sehen. Nicht heute und auch nicht morgen. Ich will ihn überhaupt nicht mehr sehen. Hastig versuche ich, die Kette wieder aufzubringen, aber ohne Werkzeug ist dies ein hoffnungsloses Unterfangen. Meine Finger sind inzwischen so schmierig, dass ich andauernd abrutsche. Mir bleibt also gar keine andere Wahl, ich muss das Fahrrad nach Hause schieben und es dort in Ruhe reparieren. Um Liam mit absoluter Sicherheit aus dem Weg zu gehen, verlasse ich mit dem Rad die Straße und trete den Heimweg querfeldein an.

Etwa eine Stunde später erreiche ich tatsächlich mein Cottage. Der Weg quer durchs Gelände mit einem Fahrrad huckepack und einem noch nicht ganz verheilten Fuß hat mich all meine Kraft gekostet. Frustriert stelle ich das blöde Ding in den Schuppen. Die Kette kann warten. Jetzt muss erstmal die ganze Schmiere von den Fingern. Das Shirt kann ich wahrscheinlich wegwerfen. Ich bezweifle, dass ich den Dreck da nochmal rausbekomme.

Nachdem ich eine halbe Ewigkeit lang meine Finger mit einer harten Bürste und tonnenweise Seife bearbeitet habe, die Klamotten in die Waschmaschine gestopft und mir saubere Sachen angezogen habe, sitze ich mit einem Kräutertee vorm Kamin und starre abwesend in die Flammen. Der Schmerz und die

Enttäuschung fressen sich in mein Herz und ich kann nichts dagegen tun. Vollkommen gelähmt drehen sich meine Gedanken im Kreis. Mein Magen verkrampft sich und ich spüre eine endlose Leere in mir. Ich falle und falle, in ein endloses schwarzes Loch. Die Schmerzen drehen mir die Luft ab und ich drohe zu ersticken. Rasend vor Verzweiflung springe ich aus dem Sessel, reiße das Fenster auf und schreie all meine Wut und Enttäuschung raus in Richtung Meer. Der Schrei hallt mir noch lange in den Ohren nach, während ich den Sauerstoff in meine Lungen pumpe. So langsam verebbt der Schmerz und zurück bleiben Wut und Verzweiflung sowie eine seltsame Leere in mir drin. Erschöpft sinke ich zurück auf die Couch und schlafe binnen weniger Minuten ein.

Heftiges Klopfen an der Haustür holt mich unsanft aus dem Traumland zurück. Ich habe keine Ahnung, wie lange ich geschlafen habe, aber inzwischen ist es dunkel im Haus. Verschlafen taste ich nach dem Handy und schaue auf das Display. Zehn nach sieben. Egal wer da vor der Tür steht, ich möchte jetzt niemanden sehen. Es klopft erneut und ich verhalte mich so still wie möglich.

»Nelly? Bist du da?«

Es ist Liam. Der hat mir gerade noch gefehlt. Energisch rüttelt er an der Türklinke, aber ich habe vorhin die Tür sicherheitshalber abgesperrt.

»Nelly! Mach auf, bitte.«

Was fällt dem eigentlich ein? Spielt mir die große Liebe vor und dabei hat er eine Freundin, die er auch noch mit mir betrügt. Nein, mein Lieber. Nicht mit mir. Du kannst dir gern jemand anderes zum Vögeln suchen.

Trotzdem bin ich den Tränen nahe. Es tut so weh, ihn so nah zu wissen. Am liebsten würde ich zur Tür rennen, sie aufreißen und ihm um den Hals fallen, so sehr vermisse ich ihn. Aber ich reiße mich zusammen. Offenbar hat er es endlich aufgegeben. Zumindest klopft er nicht mehr an die Tür. Hoffentlich schaut er nicht zum Fenster rein. Kann er mich sehen, wenn ich hier vollkommen im Dunkeln sitze? Ich bin mir nicht sicher, deshalb bleibe ich lieber noch eine Weile starr wie eine Statue sitzen. Als ich mir sicher bin, dass er nicht mehr vorm Haus ist, stehe ich auf, ziehe alle Vorhänge zu und schalte das Licht im Haus ein. Dabei erspähe ich einen Zettel, den Liam anscheinend vorhin unter der Tür durchgeschoben hat. Mit zittrigen Fingern hebe ich das Blatt Papier auf und falte es auseinander. Mein Herz wummert laut gegen die Brust und ich erkenne seine Handschrift.

Liebe Nelly, bitte entschuldige, dass ich mich die letzten Tage nicht habe blicken lassen. Meine Schwester hat mir gesagt, dass du mich vermisst. Ich habe viel gearbeitet und musste auch für meinen Vater einspringen. Hab trotzdem die ganze Zeit an dich gedacht, Sweatheart. Bitte melde Dich. Du fehlst mir! XX Liam.

Tränenüberströmt lese ich die Zeilen noch ein zweites und ein drittes Mal, doch dann gehe ich energisch zurück ins Wohnzimmer und werfe den Brief ins Feuer. Heuchler! Du denkst, du kannst mich an der Nase herumführen? Nicht mit mir mein Lieber!

Mit trotzig vorgerecktem Kinn beobachte ich, wie das Stück Papier von den Flammen verschlungen wird und zu Asche verbrennt. Dann lasse ich mich kraftlos vor den Kamin sinken, rolle mich wie ein Embryo zusammen und erlaube dem Schmerz, in mir zu wüten. Die Kraft dagegen anzukämpfen habe ich ohnehin nicht, also lasse ich die Gefühle zu und bemitleide mich selbst für mein unglückliches Händchen bei der Partnerwahl.

Mein Magen meldet sich mit einem erschreckend lauten Grummeln und mir wird bewusst, wie hungrig ich eigentlich bin. Seufzend stehe ich wieder auf und beschließe, mir eine Kleinigkeit zu essen zu machen. Das Klingeln des Handys unterbricht meinen Tatendrang und ich haste zurück zum Wohnzimmertisch.

Er ist es. Für einen Bruchteil einer Sekunde überlege ich, ranzugehen, doch dann drücke ich das Gespräch weg und gehe entschlossen zum Kühlschrank. Als ich mit einem Sandwich und einem

Glas Wasser zurückkomme, ist eine Whatsapp-Nachricht von ihm da.

Ich war gerade bei dir zu Hause Sweety, aber du warst leider nicht da. Bitte melde dich. Ich vermisse dich und möchte dich so schnell wie möglich wiedersehen.

Du fehlst mir auch, flüstere ich dem Handy zu, doch dann schalte ich es entschlossen aus und lege es auf den Tisch. Ich brauche einen klaren Kopf und muss jetzt eine wichtige Entscheidung für mein Leben treffen. Dabei kann ich diese Gefühlsduselei überhaupt nicht gebrauchen. Beherzt klappe ich den Laptop auf und öffne die gespeicherten Links zum Thema Gastronomie. Vollkommen vertieft in verschiedene Blogs und Berichte bemerke ich nicht, wie schnell die Zeit vergeht. Erst gegen Mitternacht macht sich eine bleierne Müdigkeit bei mir bemerkbar und ich schalte den Laptop aus. Mein Entschluss steht jetzt fest. Ich werde das Cottage kaufen, es renovieren und umbauen lassen und ein schnuckeliges Touristencafé darin eröffnen.

Das Abenteuer Café beginnt

»Ich wünsche dir, dass du die Möglichkeit ergreifst, zu neuen UFERN aufzubrechen, wenn die Zeit dazu gekommen ist.«
Irischer Segenswunsch

Mit einem klaren Ziel vor Augen fühle ich mich so gut, wie schon lange nicht mehr. Ich habe tief und fest geschlafen wie ein Baby und schwinge nun voller Elan und Aufregung die Beine aus dem Bett. Mein Körper kribbelt vor Anspannung und tief in mir drin ist dieses Gefühl, das einem sagt, dass man genau das Richtige tut. Selbst die schmerzhafte Enttäuschung, die Liam verursacht hat, ist fürs Erste in weite Ferne gerückt und von meiner neuen Energie begraben.

Fröhlich gelaunt setze ich die Kaffeemaschine in Gang, öffne alle Fenster und gehe dann unter die Dusche. Ich werde dermaßen mit Glückshormonen überschüttet, dass ich sogar im Bad singe. Normalerweise singe ich niemals im Bad, denn ich habe eine furchtbare Stimme. Nein, nicht die Stimme ist furchtbar, sie ist eigentlich ganz nett, aber ich kann einfach keine Töne halten und es klingt schrecklich schief, wenn ich singe. Aber heute ist mir das vollkommen egal. Von mir aus kann die gesamte Welt meinen schiefen Gesang hören. Mein überwältigendes Projekt vor Augen bin ich mir absolut sicher, meine Eltern würden sich sehr für mich freuen und dieses Vorhaben unterstützen. Sie würden wollen, dass ich hierfür ihr Geld nehme und daher tue ich es ohne schlechtes Gewissen.

Der Kaffee ist fertig, als ich aus dem Bad komme und der Duft der frisch gemahlenen Bohnen steigt mir in die Nase. Während ich zwei Scheiben Toast mit Butter und Erdbeermarmelade bestreiche, überlege ich mir meine nächsten Schritte. Es gibt sicherlich tausend bürokratische Hürden zu überwinden und noch viel mehr anderen Kram zu erledigen, aber ich werde das Projekt nach und nach angehen. Mein Optimismus ist zurück und ich weiß, dass ich jede Hürde mit Anlauf nehmen werde.

Als Erstes hole ich das Handy und wähle die Nummer von Fíona, damit sie mir die Telefonnummer vom Eigentümer des Cottages geben kann. Enttäuscht höre ich die Stimme der Mailbox am anderen Ende der Leitung. Mist.

Jetzt habe ich die Wahl bei den Buckleys zu Hause anzurufen auf die Gefahr hin, Liam am Telefon zu haben, oder ich fahre nachher auf gut Glück zum

Supermarkt und hoffe, dass meine Freundin heute Vormittag arbeitet. Natürlich entscheide ich mich für die zweite Variante. Ich möchte mir auf keinen Fall die gute Laune von diesem Mistkerl vermiesen lassen. Hibbelig räume ich noch fix die Küche auf, bevor ich mich aufs Rad schwinge und nach Kilronan fahre.

Schon von weitem sehe ich Fíonas Fahrrad vorm Supermarkt stehen und gratuliere mir selbst zur richtigen Entscheidung. Das Rad stelle ich neben ihrem ab und renne fast vor Aufregung in den Laden, weil ich es kaum abwarten kann, mit meiner Freundin über die bedeutsamen Pläne zu quatschen. Weit komme ich allerdings nicht. Mit voller Wucht pralle ich auf einen weichen Körper und werde einen halben Meter zurückgeworfen. Benommen schaue ich auf und will mich gerade entschuldigen, da blicke ich in die dunkelblauen Augen von Liam. Auch das noch! Warum passiert sowas eigentlich immer nur mir? Ich öffne den Mund, um etwas zu sagen, bringe aber kein Wort hervor.

»Kaum hat sie keinen Gips mehr, rennt sie wieder mit Vollgas durch die Gegend«, nimmt er mir das Reden ab und schaut mich belustigt an.

»Entschuldige bitte, ich habe dich nicht gesehen.« Verunsichert schaue ich auf den Boden und will mich schnell an ihm vorbeidrücken, aber er hält mich am Arm fest. »Nelly, was ist los mit dir? Gehst du mir aus dem Weg?« Seine Fröhlichkeit ist schlagartig verschwunden.

»Was? Nein! Quatsch, wie kommst du darauf. Ich ... es war nur ... ich war in Gedanken«, lüge ich und will weitergehen, er hält mich jedoch nur noch fester umklammert.

»Sweatheart, ich habe dich vermisst. Du hast meine Nachricht von gestern überhaupt nicht beantwortet. Sag mir bitte, was los ist.« Mit einem reichlich gequälten Gesichtsausdruck schaut er mich flehend an, aber darauf falle ich nicht rein.

»Ach wirklich? Du hast mich vermisst? Ich dich aber nicht. Und jetzt lass mich bitte vorbei, ich habe etwas zu erledigen.« Leider klinge ich schroffer, als ich beabsichtigt habe, denn er löst ziemlich verstört seine Hand und gibt meinen Arm frei. Ohne mich nochmal umzudrehen, stapfe ich weiter in Richtung Kasse, wo seine Schwester gerade einen Kunden abkassiert. Als sie damit fertig ist, stemmt sie ihre Hände in die Hüften und sieht mich herausfordernd an. »Kannst du mir verraten, was das gerade sollte?«

Ich versuche, eine harmlose und gleichgültige Miene aufzusetzen. »Was? Dein Bruder gerade?« Ich deute mit dem Daumen lässig nach hinten über die Schulter.

»Ja genau. Es sah aus, als hättest du ihn eiskalt abserviert.«

»Die Frage ist doch, wer hier wen abserviert und verarscht hat.«

Sie schaut mich verdattert an. »Was meinst du damit Nelly?«

»Ach vergiss es. Ich möchte jetzt nicht über deinen Bruder reden.«

Ihr Gesicht verfinstert sich, dennoch respektiert sie meine Bitte und schweigt.

»Ich wollte eigentlich zu dir«, unterbreche ich die verlegene Pause, die entstanden ist.

»Das dachte ich mir schon.« Ein Glück, ihr Gesicht hellt sich wieder auf. »Was gibt es Süße?«

»Ich habe nochmal über deinen Vorschlag mit dem Café nachgedacht und ein bisschen im Internet recherchiert und ...«, ich mache eine bedeutungsvolle Pause, »ich möchte das Café eröffnen.«

»Wow! Genial!«, quiekt meine Freundin los, springt um die Kasse herum und reißt mich in ihre Arme. »Nelly, das ist der Hammer. Ich freue mich für dich. Das ist aufregend.« Sie kriegt kaum Luft, so sehr freut sie sich über diese Nachricht. »Ja, ich bin auch ziemlich aufgeregt deswegen. Ich denke, das ist der richtige Weg und auch meine Eltern hätten es so gewollt. Und Granny sowieso.«

»Deine Großmutter wäre stolz auf dich. Wie geht es jetzt weiter? Hast du dir schon einen Schlachtplan überlegt?«

»Zuerst muss ich ja das Cottage kaufen und dazu brauche ich von dir die Kontaktdaten zum Besitzer.« Tatsächlich habe ich mir sonst noch überhaupt keinen Plan gemacht, wie ich an dieses Mammutprojekt herangehen möchte. Da kommt die nächsten Tage noch einiges an Arbeit auf mich zu.

»Moment. Ich schreibe dir den Namen und die Telefonnummer auf.« Sie zieht ein kleines Notizbüchlein aus der Tasche und schreibt anschließend die Kontaktdaten auf einen Zettel. »Hier bitte. Gott, bin ich aufgeregt.«

»Und ich erst«, entgegne ich. »Am besten rufe ich ihn auch gleich an. Ich danke dir.«

»Viel Erfolg. Ich schau heute Abend bei dir vorbei.«

Verstohlen schaue ich mich im Laden um und halte Ausschau nach Liam. Glücklicherweise hat er allem Anschein nach bereits den Rückzug angetreten, denn ich kann ihn nirgends entdecken. Trotzdem beeile ich mich, nach draußen zu kommen, suche mir ein ruhiges Plätzchen und rufe den Immobilienbesitzer an. Als er unmittelbar nach dem ersten Klingeln an sein Telefon geht, verschlucke ich mich vor Schreck und bekomme einen Hustenanfall. Mit hochrotem Kopf schaffe ich es zum Glück irgendwie, dem Mann mein Anliegen zu vermitteln, und wir verabreden uns für den nächsten Tag am Cottage.

Ja, ich nehme es!

»Mögest du den Tag mit einem LÄCHELN begegnen
und der Nacht mit einem Lächeln danken.«
Irischer Segenswunsch

Über eine halbe Stunde zu früh stehe ich vor dem alten Cottage und trete nervös von einem Bein auf das andere. Eingehüllt vom dicken Nebel kann ich höchstens fünf Meter die Straße hinuntersehen. Ein frischer Wind bläst mir um die Ohren und vor ein paar Minuten hat es auch noch angefangen zu nieseln. Fröstelnd ziehe ich die Schultern hoch und lasse die Hände in den Ärmeln meiner Jacke verschwinden, um mich wenigstens etwas gegen die Kälte abzuschirmen. Viel bringt es jedoch nicht. Hoffentlich hole ich mir keine Erkältung. Damit ich weniger friere, bleibe ich in Bewegung und laufe ich vor dem Cottage auf und ab. Die halbe Stunde muss doch bald rum sein. Ungeduldig schaue ich auf die Uhr. Mist. Erst fünf Minuten sind vergangen. Um mich abzulenken, beginne ich von hundert rückwärts zu zählen. Wenigstens beruhigt das meine Gedanken. Als ich bei fünfzehn ankomme, höre ich das Geklapper von Pferdehufen und kurz darauf löst sich tatsächlich eine Kutsche aus dem Nebel. Erst jetzt kommt mir in den Sinn, dass theoretisch Liam der Kutscher sein könnte. Verkrampft halte ich den Atem an und versuche, die vom Nebel verhüllte Silhouette zu erkennen. Erst als ich den alten Murphy aus Cloonfert erkenne, atme ich erleichtert wieder aus und winke ihm zu. Er hält unmittelbar vor mir an und ein relativ junger Mann im Anzug steigt von der Kutsche herunter.

»Sie müssen Miss Nolan sein.« Dynamisch streckt er mir seine Hand entgegen. »Ich hoffe, Sie warten noch nicht lange.«

»Nein, ich bin auch erst vor ein paar Minuten eingetroffen«, flunkere ich und erwidere seinen Händedruck. In dem Businessanzug wirkt er absolut deplatziert auf dieser rauen Insel.

»Na dann lassen Sie uns schnell nach drinnen gehen. Sie sind ja schon völlig durchnässt.« Er öffnet die schiefe Gartentür und lässt mir den Vortritt. Der Garten wurde zwar schon länger nicht mehr bewirtschaftet, wirkt aber überhaupt nicht ungepflegt, sondern passt zur kargen Flora dieser Insel. Im Gegensatz zu meinem Cottage sind hier die Außenwände nicht weiß gestrichen, die Steine wurden statt dessen naturgetreu belassen, was dem

Haus einen besonderen Charme gibt. Als ich das Haus betrete, bekomme ich zunächst einen Schock. Ich komme mir vor, als hätte ich eine Zeitreise um hundert Jahre in die Vergangenheit gemacht. Die Wände sind unverputzte Natursteinmauern, der Fußboden festgetretener Lehm. Das Innere des Hauses sieht viel runtergekommener aus, als ich angenommen hatte und mein erster Impuls sagt mir, hier kann man nur noch mit einer großen Planierraupe kommen.

Ehrfürchtig stelle ich mir vor, wie die Bauern früher hier unter einfachsten Verhältnissen gelebt haben müssen. Für einen kurzen Moment verlässt mich der Mut und ich glaube nicht daran, diese Ruine in ein schönes Café verwandeln zu können.

»Was denken Sie, Miss Nolan? Möchten Sie das Haus erwerben und was Hübsches daraus machen?«, holt mich Mister Business aus meinen Gedanken. Ich versuche, grob im Kopf zu überschlagen, wie viel Geld ich wohl in dieses Projekt stecken müsste und ob das Erbe meiner Eltern überhaupt dafür reichen würde. Aber in sowas bin ich eine absolute Niete und habe keinen blassen Schimmer davon, welche Arbeiten, in welchem Umfang notwendig sind. Wie heißt es so schön? Wer nicht wagt, der nicht gewinnt? Es wird Zeit, dass ich etwas wage, sonst wird das nichts mehr mit meinem neuen Leben.

»Ich nehme es!«, sage ich daher kurzentschlossen und sofort meldet sich mein Magen mit einem leichten Grummeln. Ich ignoriere es. Völlig normal, dass ich nervös bin, sage ich mir und schiebe jegliche Bedenken beiseite.

»Das freut mich sehr. Lassen Sie mich eben schnell mit meinem Notar telefonieren.« Während er vor der Tür ist, schaue ich mich weiter im Haus um. Nach und nach präsentiert mir meine Fantasie auch Bilder im Kopf, wie das Café aussehen könnte und ich spüre, wie prickelnde Vorfreude in mir aufsteigt. Mr. Sheridan streckt den Kopf zur Tür herein und teilt mir mit, dass er für übermorgen Nachmittag einen Notartermin ausgemacht hat. Wow, das geht ja schnell. Bis dahin muss ich ebenfalls einiges klären und erledigen, angefangen von einem Gespräch mit meiner Bank, auf der das Erbe meiner Eltern liegt. Unsere Verabschiedung fällt herzlich aus, so als seien wir alte Freunde und ich begebe mich auf den Heimweg, um mit meinem Anwalt in Deutschland zu telefonieren. Eigentlich ist es der Anwalt meiner Eltern. Nach deren Tod hat er sich um die Abwicklung des Erbes gekümmert und mir angeboten, falls ich mal Hilfe benötige, ihn jederzeit kontaktieren zu können. Jetzt ist dieser Zeitpunkt gekommen. Ich brauche dringend jemanden, der mir mit Rat und Tat bei diesem Vorhaben zur Seite steht.

Auf dem Weg nach Hause sehe ich eine Pferdekutsche auf mich zukommen und ahne schon, noch bevor ich jemanden erkennen kann, dass es Liam ist. Als das Gespann näher kommt, bestätigt sich meine Vermutung und ich erkenne, dass er allein ist und keine Touristen dabei hat. Na Bravo! Bei meinem Glück war das ja vorprogrammiert. Nervös überlege ich krampfhaft, wie ich mich ihm gegenüber verhalten, denn ich habe gerade wirklich keine Lust mit ihm zu diskutieren und das Gespräch von gestern fortzusetzen. Viel Zeit zum Nachdenken bleibt mir nicht, denn im nächsten Moment hat er mich erreicht und hält mit der Kutsche direkt neben mir. Hätte er nicht einfach weiterfahren können?

»Hallo Nelly.« In seinen Augen erkenne ich Unsicherheit, aber ich lasse mich davon nicht blenden.

»Liam«, antworte ich und schaue kurz zu ihm hoch, bevor ich den Blick wieder auf die Straße hefte.

»Auf dem Weg nach Hause?«, fragt er und die Sanftheit in seiner tiefen Stimme ist plötzlich einer Eiseskälte gewichen.

Nun doch erschrocken über seine Gleichgültigkeit schaue ich ihm wieder in die Augen und nicke, da ich kein weiteres Wort hervorbringe.

»Na dann, noch einen schönen Abend.« Schnell wendet er seinen Blick von mir ab und gibt dem Pferd über die Zügel den Befehl, wieder loszulaufen. Vollkommen neben der Spur starre ich ihm hinterher und spüre einen heftigen Stich im Herzen. Ein bisschen mehr könnte er ja schon leiden, aber offensichtlich berührt ihn unser Gespräch von gestern schon gar nicht mehr. Als Liam hinter der nächsten Biegung verschwindet, setze auch ich mich wieder in Bewegung und gehe schweren Herzens nach Hause.

Ich spüre, wie der Sektkorken in meiner Hand nach oben schießen will und wage es nicht, die Hand wegzuziehen. Fíona ist hinter der Couch in Deckung gegangen und kichert.

»Du bist mir ja eine tolle Hilfe.« Für einen kurzen Moment bemühe ich mich um ein ernstes Gesicht, kann mich aber auch kaum halten vor Lachen und pruste los. Dabei rutscht meine Hand vom Sektkorken ab und dieser kommt mit einem lauten Knall aus der Flasche geschossen. Wir quieken gleichzeitig um die Wette und ich gieße das prickelnde Getränk schnell in unsere Gläser.

»Auf dein Café!«, prostet meine Freundin mir zu.

»Auf unsere Freundschaft«, erwidere ich und wir trinken beide einen Schluck. Heute Nachmittag war ich in Galway und habe den Kaufvertrag für das alte Cottage unterschrieben. Ohne meinen Anwalt aus Deutschland hätte ich das alles vermutlich gar nicht hinbekommen. Er hat das meiste für mich geregelt und die Verhandlungen geführt. Geldgeschäfte sind nicht wirklich mein Ding. Auf jeden Fall habe ich

Glück, dass ich von Geburt an die doppelte Staatsbürgerschaft besitze, denn nur als Irin ist es mir möglich, mich hier auf der Insel selbständig zu machen. Fíona hat mich zum Notartermin begleitet und mich Nervenbündel seelisch und moralisch unterstützt. Natürlich hat sie auch versucht, mit mir über Liam und den Vorfall im Supermarkt zu reden. Aber nach der schmerzhaften Begegnung vorgestern habe ich ihr klar gemacht, dass ich zur Zeit absolut nicht in der Stimmung bin, über ihren Bruder zu reden, und sie solle mir bitte nicht die Freude über mein Café zerstören. Glücklicherweise hat sie sich damit auch zufriedengegeben und nicht weiter nachgebohrt. Zur Feier des Tages sind wir nach dem Notartermin noch shoppen gegangen und haben uns sündhaft teure Spitzenunterwäsche gegönnt. Nun feiern wir mein neues Leben als Cafébesitzerin.

»Wie geht es jetzt weiter? Hast du schon Pläne gemacht?«, fragt sie mich.

»Als Erstes steht jetzt die Renovierung an. Ich habe gestern schon mit den Handwerkern telefoniert. Morgen geht es los. Da habe ich einen Termin mit einem Architekten. Wenn er mir zusagt, dann beauftrage ich ihn mit der Bauüberwachung.«

»Was? So schnell? Das ist ja toll. Ich freue mich total für dich.«

»Ich kann mir momentan noch gar nicht richtig vorstellen, wie alles mal aussehen soll. Ich denke, das kommt dann erst so nach und nach.«

»Dein Café wird großartig, da bin ich mir absolut sicher. Komm, lass uns mal die Dessous anprobieren.«

»Okay. Aber du machst den Anfang.« Ich kichere ausgelassen. Der Sekt macht sich bereits in meinem Kopf bemerkbar, denn seit heute Morgen habe ich nichts mehr gegessen und auch das Frühstück fiel aufgrund meiner Aufregung sehr spärlich aus. Fíona schnappt sich ihre Einkaufstüte und verschwindet im Badezimmer. Wenige Minuten später kommt sie mit sexy wackelndem Hintern wieder ins Wohnzimmer, baut sich vor mir auf und dreht sich verführerisch im Kreis. Sie sieht einfach umwerfend aus in ihrer grünen Corsage aus Seide. Unterhalb der Brust sind breite schwarze Streifen in Längsrichtung aufgenäht und der obere und untere Rand wird mit feiner schwarzer Spitze abgeschlossen.

»Jetzt bist du aber dran«, fordert sie mich auf. Ich leere mein Sektglas, schnappe mir die Tüte und schlendere lasziv ins Bad, um mich umzuziehen. Ein bisschen komisch komme ich mir nun doch vor, als ich nur in einem Hauch von Unterwäsche bekleidet vor meiner Freundin herumtanze. Zum Glück hat der Sekt meine Sinne ausreichend benebelt, sodass meine Hemmschwelle heruntergesetzt ist. Im nüchternen Zustand hätte ich das sicher nicht fertiggebracht. Ich bin nicht der männermordende Vamp-Typ und wie die meisten Frauen bin ich mir meiner Problemzonen sehr wohl bewusst. Amüsiert lasse ich mich zurück in einen der Sessel fallen und gieße uns Sekt nach. Auf meiner Haut spüre ich die Hitze des Kaminfeuers und wünsche mir, dass Liam anstatt seiner Schwester hier wäre. Trotz seiner Gefühlskälte vorgestern Abend, muss ich mir eingestehen, dass ich ihn wahnsinnig vermisse.

»Was denkst du gerade?«

Erschrocken fahre ich hoch und schaue Fíona entgeistert an.

»Wie bitte?« Verlegen streiche ich eine Locke aus dem Gesicht und klemme sie hinter dem Ohr fest.

»Du warst gerade mit deinen Gedanken meilenweit entfernt, Süße. An was hast du gedacht?«

»Ach nichts Bestimmtes«, wiegele ich ab und stehe schnell auf. »Ich ziehe mich wieder um, mir ist etwas kühl.« Benommen flüchte ich ins Bad, schließe die Tür hinter mir ab und lasse dann meinen Tränen freien Lauf. So ein Mist. Warum flenne ich jetzt? Ich hasse mich selbst für diesen Gefühlsausbruch, aber ich kann ihn nicht stoppen. Mein Herz fühlt sich an wie aus Stein. Ein dumpfer Schmerz bohrt sich hindurch und hinterlässt eine Schneise der Verwüstung. Mein Blick fällt auf die Badewanne und sofort übermannen mich die Erinnerungen an unser gemeinsames Bad. Er fehlt mir so sehr. Erschöpft vom

Weinen drehe ich den Hahn auf, trinke einen Schluck des eiskalten Wassers und spritze es mir anschließend in mein glühendes Gesicht. Nachdem ich mir das Gesicht ordentlich abgetrocknet habe und alle Spuren meiner Heulattacke beseitigt habe, gehe ich zurück ins Wohnzimmer. Meine Freundin hat mich allerdings durchschaut und nimmt mich sogleich in den Arm.

»Was liegt dir so schwer auf dem Herzen?«

»Es ist gar nicht so schlimm, wie du denkst.«, versuche ich ein Lächeln.

»Ich tippe mal ins Blaue. Mein Bruder?«

Da mir jegliche Kraft fehlt, jetzt noch zu leugnen, nicke ich nur schwach.

»Nelly, ich verstehe ehrlich gesagt nicht, was euer Problem ist.«

»Wieso?« Verwundert schaue ich sie an.

»Naja, er leidet offensichtlich genauso wie du, hockt daheim wie ein Trauerkloß. Ich habe ihn gefragt, was los ist und er sagte mir, dass er keine Ahnung hat. Also Nelly, was ist los? Warum hast du meinem Bruder und dir selbst das Herz gebrochen?«

»Ich habe was?«, rufe ich empört aus. »Ich habe niemandem das Herz gebrochen. Ich habe nur keine Lust die Geliebte zum Rumvögeln nebenbei zu sein.« Ich ernte einen vollkommen geschockten Gesichtsausdruck.

»Wie kommst du denn auf so einen Blödsinn? Mein Bruder liebt dich Nelly und leidet wie ein Tier, weil du ihn plötzlich ohne Voransage abserviert hast.«

Energisch schüttele ich den Kopf. »Ich habe ihn mit einer anderen Frau zusammen gesehen. Sie waren sehr ... naja, sagen wir mal, vertraut im Umgang miteinander.«

Fíona zieht eine Augenbraue nach oben und schüttelt leicht den Kopf. »Nein, das glaube ich nicht. Mein Bruder ist nicht so einer. Ich wüsste, wenn er noch eine andere Freundin hätte. Das kann ich mir nicht vorstellen, Nelly.«

»Aber ich habe die beiden nun mal gesehen. Daran gibt es nichts zu rütteln«, antworte ich trotzig. »Lass uns bitte nicht weiter darüber sprechen, ich möchte den Abend genießen.«

Sie akzeptiert meine Bitte, an ihrem Gesichtsausdruck erkenne ich allerdings, dass sie gern noch weiter diskutiert hätte und auf der Seite ihres Bruders steht. Soll sie doch! Für den Rest des Abends ist die Stimmung ziemlich gedrückt. Wir trinken zwar die Flasche Sekt noch leer und machen Pläne, was ich alles im Café an Getränken und Essen servieren sollte, aber die ausgelassene Atmosphäre von vorhin will einfach nicht mehr aufkommen. Kurz vor Mitternacht fährt meine Freundin nach Hause und ich lege mich niedergeschlagen ins Bett. In den Schlaf finde ich erst viel später, denn jedes Mal wenn ich die Augen schließe, erscheint das Gesicht von Liam.

Full Irish Breakfast

*»Möge dein Schiff nach einem Sturm stets in seinen
sicheren HAFEN zurückfinden.«*
Irischer Segenswunsch

Am nächsten Morgen reißt mich das schrille Klingeln
des Weckers aus einem unruhigen Schlaf und ich
fühle mich alles andere als erholt. Am liebsten würde
ich mich wieder umdrehen, die Decke über den Kopf
ziehen und das Bett den ganzen Tag nicht verlassen.
Aber ich treffe mich in drei Stunden mit dem
Architekten, der hoffentlich die komplette
Renovierung des Cottages überwachen wird. Also
rolle ich mich aus dem Bett und schlurfe die schmale
Treppe hinunter in die Küche. Reflexartig will ich die
Kaffeemaschine einschalten, aber mein rebellierender
Magen sagt mir, dass ich besser einen Kräutertee
trinken sollte.

Die quälenden Gedanken an Liam schiebe ich
beiseite und versuche mich auf die großen Aufgaben,
die nun vor mir liegen, zu konzentrieren. Während

der Teebeutel zieht, stecke ich zwei Scheiben Toast in den Toaster und hole die Butter und Marmelade aus dem Kühlschrank. Mehr werde ich ohnehin nicht runterbekommen. Ich nehme das kleine Notizbüchlein, in dem ich die Ideen zum Umbau des Cafés gesammelt habe und lese noch einmal drüber. Mal sehen, ob diese Pläne überhaupt realisierbar sind. Entschlossen blättere ich eine neue Seite auf und schreibe als Überschrift:

Ideen für das Frühstücksangebot

Nachdenklich beiße ich in den Toast und überlege, was meine zukünftigen Gäste wohl gern bei mir essen möchten. Es muss etwas sein, das ich mit meinen bescheidenen Kochfähigkeiten hinbekomme, denn ich werde mir am Anfang nicht den Luxus von Angestellten leisten können. Meine Gedanken driften ab zu Liam. Er wäre ein toller Koch und könnte mir jede Menge neuer Rezepte beibringen. Egal, ich schaffe das auch allein. In erster Linie werden wohl Touristen ins Café kommen, also sollte ich typische irische Gerichte anbieten. Ein Full Irish Breakfast kommt mir natürlich als erstes in den Sinn. Perfekt! Konzentriert gehe ich die Zutaten durch und schreibe alles genau auf. Außerdem überlege ich, was ich als Mittagstisch oder als Snack zwischendurch anbieten könnte? Es darf nicht zu aufwendig und zu kompliziert sein. Am besten ich habe zu Beginn nur zwei bis drei verschiedene Gerichte auf der Karte, kann sie dafür aber gut bewältigen.

Zufrieden schaue ich auf die vorläufige Speisekarte und gratuliere mir selbst zu den genialen Einfällen. Gleich morgen gehe ich einkaufen und werde so lange Probe kochen, bis ich alles perfekt und zügig kann. Nur wer soll diese Mengen essen? Übermütig kichere ich in mich hinein, während ich den Tisch abräume und das Geschirr in die Spüle stelle. Jetzt muss ich mich beeilen, damit ich nicht zu spät zum Termin komme.

Der Architekt steht bereits vor dem Haus, als ich keuchend angeradelt komme. Hoffentlich wartet er nicht schon lange. Ich hätte nicht so rumtrödeln sollen. Das Fahrrad stelle ich an dem windschiefen Zaun ab und gehe selbstbewusst auf ihn zu.

»Ich bin Nelly Nolan. Ich hoffe, Sie warten noch nicht so lange. Mein Reifen hatte ausgerechnet heute Morgen einen Platten.« Huch, war ich das gerade? Nelly schäm dich, so unverschämt zu lügen.

»Ich bin auch gerade erst angekommen. Schön, Sie kennenzulernen, Miss Nolan. Dann wollen wir mal.« Mit seiner Hand deutet er auf die Eingangstür und wir gehen ins Haus. Während er sich eine Ewigkeit schweigend die Mauern des Cottages anschaut, werde ich immer nervöser und meine

Hoffnung schwindet, dass aus dieser Bruchbude mal mein Café wird. Schließlich dreht er sich bedeutungsvoll zu mir um.

»Die Substanz ihres Hauses ist noch gut erhalten, Miss Nolan. Es sollte kein Problem sein, aus diesem Haus ein kleines Schmuckstück zu machen.«

»Das klingt großartig.« Mir fällt ein Stein vom Herzen. Sein kritischer Blick hatte mich gerade ein wenig zweifeln lassen, dass sich mein Wunschprojekt umsetzen lässt. »Das heißt, Sie würden den Auftrag übernehmen?«

»Mit großem Vergnügen. Kommen Sie bitte in zwei Tagen in mein Büro, dann können wir gemeinsam einen Plan ausarbeiten.« Euphorisch strahle ich ihn an, strecke ihm meine Hand entgegen und verabschiede mich dankend von ihm. Jetzt kann ich es tatsächlich kaum noch erwarten, endlich mein schnuckliges Café zu eröffnen. Nachdem der Architekt gegangen ist, setze ich mich mit einem Notizbüchlein in eine Ecke auf den Boden und kann gar nicht mehr aufhören, Ideen zum Umbau aufzuschreiben. Die Einfälle sprudeln förmlich aus mir heraus und ich habe jetzt ein klares Bild vor Augen, wie das Cottage-Café aussehen soll.

Erst als die Dämmerung hereinbricht und nicht mehr genug Tageslicht ins Innere fällt, mache ich mich auf den Heimweg.

Oíche Shamhna[4]

»Möge deine HEIMAT dort sein, wo dein Herz ist.«
Irischer Segenswunsch

Vollkommen vertieft in die Arbeit, streiche ich die Wände in einer extra für mich gemischten Farbe aus Maisgelb und Perlweiß und denke nebenbei über einen möglichen Namen für das Café nach. In den letzten Wochen haben die Handwerker und der Architekt so richtig rangeklotzt. Geld ist manchmal ein ziemlich hübscher Anreiz. Auf jeden Fall sind die Außenarbeiten am Cottage bereits abgeschlossen, das Dach ist neu gedeckt und die Wände sind ausgebessert worden. Ich habe mich dazu entschlossen, die Natursteine zu erhalten und nicht hinter tonnenweise weißer Farbe zu verstecken. Vorgestern wurden die neuen Fenster eingebaut und nun steht der Innenausbau an. Einer der Handwerker hat auf meinem Wunsch hin schon vor einigen Tagen die Innenwände verputzt, sodass ich sie jetzt in aller

---

4   siehe Glossar

Ruhe streichen kann, bevor der Fußboden reinkommt. Natürlich hätte ich auch die Malerarbeiten von dem recht fleißigen Team der Handwerkertruppe erledigen lassen können, aber ich habe das dringende Bedürfnis, selbst Hand anzulegen. Wenigstens einen kleinen Teil meiner neuen Zukunft möchte ich mit eigenen Händen erschaffen haben und beim Streichen der Wände kann ich nicht viel falsch machen. Außerdem empfinde ich diese eintönige Tätigkeit als sehr entspannend. Es tut gut, seine Gedanken einfach mal fließen zu lassen und an nichts und niemanden denken zu müssen. Als ich fertig bin, lege ich den Pinsel ab und trete in die Mitte, um das Werk zu bestaunen.

Die Wand der Stirnseite, an der sich der offene Kamin befindet, habe ich auch hier drinnen im ursprünglichen Zustand gelassen. Ich finde, die groben Natursteine passen einfach genial zu dem rustikalen Kamin. Ich stelle mir vor, wie meine Gäste hier vor dem Feuer sitzen und glückliche Gesichter machen. Zufrieden drehe ich mich einmal im Kreis. Nach so kurzer Zeit ähnelt das Haus schon nicht mehr der Ruine, die es beim Kauf war. Ich bin begeistert von dem, was man aus so einem kleinen Cottage machen kann.

Langsam wird es Zeit, dass ich wieder nach Hause fahre. Heute ist Halloween, oder Samhain, wie das Fest früher bei den Kelten hieß und ich bin bei den Buckleys zum traditionellen Halloweenessen eingeladen. Am liebsten würde ich überhaupt nicht hingehen, denn ich habe nicht die geringste Lust, den kompletten Abend in Liams Gegenwart zu verbringen. Wie soll ich mich ihm gegenüber verhalten? Allein der Gedanke an ihn verursacht mir schreckliche Magenschmerzen. Womöglich ist sogar diese andere Frau dort, die ich mit ihm zusammen gesehen habe. Aber Mrs. und Mr. Buckley zuliebe habe ich zugesagt. Die beiden sind einfach die herzlichsten Menschen, die ich jemals kennengelernt habe und in den letzten Wochen für mich wie eine Familie geworden.

In Gedanken versunken verschließe ich den Farbeimer und säubere den Pinsel, bevor ich ihn zusammen mit der Farbe an die Seite räume. Beim Streichen der Wände habe ich total die Zeit vergessen und muss mich nun beeilen. Hastig ziehe ich die Jacke über und schwinge mich auf das Fahrrad. Zu Hause springe ich rasch unter die Dusche, um die gröbsten Farbkleckse von der Haut und aus den Haaren zu bekommen. Mit einem Handtuch um den Körper geschlungen räume ich gerade meinen Kleiderschrank aus und überlege, was ich anziehe, als es an der Tür klopft. Ich vermute, dass es die wenigen kleinen Kinder der Insel sind, die gerade ihre Süßes-oder-Saures-Tour machen. Halloween ist zwar ursprünglich irisch und wurde von den irischen

Auswanderern nach Amerika gebracht, doch inzwischen ist der amerikanische Brauch, dass Kinder auf Süßigkeitentour gehen auch hier in Irland verbreitet. Mit einer Hand das Handtuch festhaltend schnappe ich mir die vorbereitete Schüssel mit den Leckereien, öffne schwungvoll die Tür und schaue in das Gesicht von ... meinem Ex.

Mir fällt die Kinnlade runter und ich bin nicht fähig, auch nur ein Wort zu sagen.

»Hallo Nelly. Darf ich vielleicht reinkommen?« Mit einem Blick über seine Schulter deutet er in Richtung Himmel, aus dem unablässig irischer Regen fällt. Zu perplex zum Nachdenken trete ich automatisch einen Schritt zur Seite, damit er an mir vorbei ins Haus kann. Dann schließe ich mechanisch die Tür und stelle die Schale mit den Süßigkeiten beiseite. Endlich erlange ich meine Fassung zurück und deute in Richtung Wohnzimmer. »Setz dich doch. Ich zieh mir eben schnell was über.« Mit diesen Worten stürze ich Hals über Kopf ins Badezimmer und tausche das Handtuch gegen einen Bademantel. Benommen sinke ich auf den Wannenrand und versuche ruhig zu atmen. Meine Hände zittern wie verrückt und kalter Schweiß tritt mir auf die Stirn. Okay Nelly, verliere jetzt bloß nicht die Fassung. Zeig ihm, dass du nicht mit dir spielen lässt, wie mit einer Puppe. Entschlossen stehe ich auf, atme noch einmal tief durch und kehre zurück ins Wohnzimmer, wo Max bereits in einem der beiden Sessel sitzt.

»Was willst du hier?«, frage ich einen Tick zu schroff, während ich mich ihm gegenüber in den zweiten Sessel gleiten lasse.

»Das ist aber alles andere als eine herzliche Begrüßung.« Jetzt spielt er auch noch den Beleidigten.

»Ich habe keinen Grund, dich herzlich zu begrüßen.«

»Ja da hast du leider Recht und das alles tut mir auch schrecklich leid.« Verschämt betrachtet er den Fußboden.

»Um mir das zu sagen, hättest du nicht extra herkommen müssen«, stichele ich weiter.

»Ich bin wegen eines Auftrages in Galway und ...«, er zögert.

»Ein Auftrag?« Ungläubig fixiere ich ihn. »Was für ein Auftrag macht es notwendig, dass der Chef einer deutschen Werbeagentur nach Irland reisen muss?«

»Ähm, ich treffe mich in zwei Tagen mit einem möglichen Geschäftspartner. Aber ich bin auch wegen dir hier.«

Meine Augenbraue schnellt nach oben. »Wie darf ich das verstehen?«

Sichtlich nervös zupft er an seiner Nagelhaut und zögert mit der Antwort. »Nelly, du fehlst in der Firma.

Bitte komm zurück.« Seine Stimme zittert förmlich. »Und du fehlst auch mir«, fügt er leise hinzu.

Na toll! Das ist ja mal ein perfektes Timing. Ich weiß nicht, was ich darauf erwidern soll und schaue ihn nur verdattert an.

»Sag bitte etwas, Nelly.« Mein Schweigen verunsichert ihn.

»Du glaubst, du kannst hier einfach auftauchen, etwas Süßholz raspeln und ich komme wieder mit dir zurück nach Deutschland und alles ist vergessen und verziehen?«

»Nein, natürlich nicht. Hör zu, es ist mir wirklich nicht leicht gefallen, zu dir zu kommen und dich zu bitten.«

Das glaube ich ihm sogar. Für einen Macho wie ihn muss das gerade die Hölle gewesen sein. »Wie hast du mich eigentlich gefunden?«

»Ich habe einen Privatdetektiv beauftragt, um dich ausfindig zu machen.«

»Du hast bitte was?« Ich bin geschockt. Er hetzt mir einen Schnüffler auf die Fersen. Was denkt er sich eigentlich dabei? Ich bin so aufgebracht, dass ich innerlich bis zehn zähle, bevor ich die Fassung zurückhabe und ihm antworte.

»Na dann weißt du ja sicherlich auch, dass ich hier auf der Insel bald ein Café eröffnen werde und daher keinen Grund habe, wieder zurück nach Deutschland zu kommen.«

»Ja, das habe ich ebenfalls erfahren«, gibt er kleinlaut zu. »Dafür würde sich sicherlich eine Lösung finden. Du musst dich auch nicht sofort entscheiden. Ich bin noch eine Woche hier und es wäre toll Nelly, wenn wir etwas zusammen unternehmen könnten.«

Der hat ja Nerven. Betrügt mich mit einer anderen im Bett und glaubt dann, er kommt mir nachgereist und alles ist wieder Friede Freude Eierkuchen.

»Mal sehen«, antworte ich knapp und ärgere mich darüber, dass seine bloße Präsenz die ersten Zweifel in mir aufkommen lässt. Alte, totgeglaubte Gefühle steigen aus meinem Inneren hoch. Wir schweigen uns eine Weile an, darum bemüht, uns nicht gegenseitig anzuschauen. Dann durchbricht er die Stille und räuspert sich »Nelly, heute legt keine Fähre mehr ab.«

Ich hatte mich schon gefragt, ob er hier auf Inishmore ein Zimmer genommen hat.

»Ich weiß. Die legt im Winter nur zweimal am Tag ab. Ziemlich abgeschieden hier.«

»Ich hatte gehofft, dass ich vielleicht die Nacht bei dir schlafen darf. Auf der Couch natürlich!«

Eigentlich wollte ich ihm antworten, dass es auf der Insel durchaus B&B's gibt, aber er sieht gerade so niedergeschlagen und demütig aus, dass mein Herz weich wird. »Ja, das ist kein Problem.«

Mein Handy klingelt. Es ist Fíona. Mist, ich habe die Einladung zum Essen fast vergessen. Mit schlechtem Gewissen nehme ich das Gespräch an und entschuldige mich gleich für die Verspätung.

»Wir warten schon auf dich Süße. Komm mal in die Gänge.«

»Ich habe überraschend Besuch bekommen. Ist es in Ordnung, wenn ich ihn mitbringe?«

»Ihn? Aha, was hast du mir da verschwiegen, liebste Nelly?«

»Können wir das bitte später bereden, sonst dauert es noch länger, bis ich komme.«

»Ja, entschuldige. Das hat mich jetzt nur sehr überrascht. Bring ihn einfach mit, wer auch immer er ist.«

»Okay, bis gleich. Ich freue mich auf den Abend mit euch.«

Seufzend lege ich das Handy weg und schaue Max an. »Tja du hast es ja gerade gehört. Ich bin heute Abend zum Essen eingeladen und du kommst einfach mit. Das ist doch in Ordnung für dich?«

»Gern, ich freue mich, deine Freunde kennenzulernen Nelly.«

»Dann zieh ich mich eben mal um.«

Hastig flitze ich die Treppe nach oben zu meinen auf dem Bett ausgebreiteten Kleidern. Mist. Jetzt muss ich schnell und spontan entscheiden und habe keine Zeit mehr, meine Garderobe sorgfältig zu planen. Kopflos wähle ich eine hellblaue Chiffon-Bluse mit

Rankenornament und eine schwarze Jeans, dazu bequeme Chucks und eile dann wieder nach unten.

»Bist du soweit? Dann können wir losgehen.«

»Natürlich.« Er steht flink aus dem Sessel auf und wir verlassen das Haus. Ein seltsames Gefühl, auf der einen Seite spüre ich die alte Vertrautheit zwischen uns, aber auch eine gewisse Befremdlichkeit.

Je näher wir dem Buckley-Haus kommen, desto nervöser werde ich. Meine Arme und Beine kribbeln unangenehm und winzige Schweißperlen bilden sich auf meiner Stirn. Am Cottage angekommen, klopfe ich zaghaft an die Tür. Mir ist speiübel und ich habe keine Ahnung, wie ich den Abend gemeinsam mit Max und Liam überstehen soll. Fíona öffnet die Tür und mustert neugierig meinen Ex.

»Hi. Du bist also der geheimnisvolle Besuch von Nelly. Schön dich kennenzulernen. Ich bin Fíona.«

»Ja das ist er«, antworte ich knapp, »können wir erstmal reinkommen? Es ist ziemlich ungemütlich hier draußen.«

»Ja klar, kommt rein«, sagt sie betont fröhlich, wirft mir hingegen aber einen giftigen Blick zu. Die restliche Familie sitzt bereits am Tisch und unterhält sich angeregt. »Ah, Nelly! Da bist ja endlich. Wir haben schon auf dich gewartet.« Mr. Buckley erhebt sich und nimmt mich freundschaftlich in den Arm.

Anschließend kommt auch seine Frau auf mich zu und gibt mir einen Kuss auf die Wange.

»Entschuldigt bitte die Verspätung. Ich bin überraschend aufgehalten worden.« Mit einem Nicken deute ich auf meinen Ex. »Das ist mein, ... das ist Max, ein Freund von mir.« Hoffentlich laufe ich jetzt nicht rot an. Meine Wangen glühen auf jeden Fall schon wie ein Lavastrom.

»Jetzt seid ihr ja da. Setzt euch doch, wir können gleich anfangen«, sagt Mrs Buckley und verschwindet in Richtung Küche.

Blöderweise sitze ich direkt gegenüber Liam, der bis jetzt noch kein Wort gesagt hat. Als ich kurz zu ihm aufschaue, treffen sich unsere Blicke und ich erschrecke fürchterlich. Solch einen Ausdruck habe ich noch nie zuvor in seinen Augen gesehen. In ihnen liegen unendlicher Schmerz und Sehnsucht. Betreten schaue ich auf den Teller und bin froh, dass Mrs. Buckley gerade hereinkommt und einen großen Topf mit himmlisch duftender Kürbiscremesuppe bringt. Während wir schweigend die Suppe löffeln, versuche ich krampfhaft, den Blicken von Liam auszuweichen. Ich fühle mich absolut elend und wäre jetzt lieber zu Hause in meinem Bett, um mich in mein Kopfkissen zu verkriechen und hemmungslos zu heulen.

»Nun Nelly, dann erzählt uns doch mal, wo ihr beiden euch kennengelernt habt, du und dein

Freund«, platzt Mrs. Buckley plötzlich in die Stille hinein.

Vor Schreck verschlucke ich mich an der Suppe und muss furchtbar husten, was Max prompt zum Anlass nimmt, mir liebevoll den Rücken zu tätscheln. Oh Gott, die denken doch nicht etwa, dass er mein Freund ist. Ich habe extra von einem Freund gesprochen, einem unverbindlichen Freund. Glücklicherweise bekomme ich den Hustenanfall gerade noch rechtzeitig in den Griff und kann antworten, bevor Max es für mich tut. »Er ist mein früherer Chef aus der Werbeagentur in Deutschland.«

Um Haltung bemüht, lächle ich in die Runde. »Er hat in Galway einen Geschäftstermin und wollte daher die Gelegenheit nutzen, um mal kurz bei mir vorbeizuschauen«, füge ich noch schnell hinzu. Ohne hinzuschauen spüre ich die bohrenden Blicke meiner Freundin und möchte am liebsten davonlaufen. Sie kennt ja die komplette Geschichte und nun bete ich, dass sie die Klappe hält.

»Aber nicht, dass Sie uns unsere Nelly wieder mit zurück nach Deutschland nehmen«, sagt Mr. Buckley an meinen Ex gerichtet. Können die nicht übers Wetter reden? In Irland redet doch jeder über das Wetter.

»Nelly war tatsächlich eine meiner besten Mitarbeiterinnen und ich bedaure sehr, dass ich Sie verloren habe.« Während er das sagt, legt er unterm Tisch seine Hand auf mein Knie, um mir die

Doppeldeutigkeit seiner Worte deutlich zu machen. Ich schnappe nach Luft und hoffe, dass niemand etwas bemerkt. Zu meiner Überraschung fühlt sich die Berührung unglaublich gut an. Vertraut. Tröstlich. Kein Wunder, war er doch jahrelang mein Traummann.

»Ich räume mal eben das Geschirr in die Küche.« Mrs. Buckley schiebt ihren Stuhl zurück und will gerade aufstehen, da springt Fíona auf.

»Bleib bitte sitzen Mom, das machen Nelly und ich.« Sie schaut mich auffordernd an.

Alles nur Aberglaube

*»Ich wünsche dir, dass du dich vom TRUBEL des
Lebens mitreißen lassen kannst, jeden Tag ein bisschen
mehr.«*
Irischer Segenswunsch

»Das ist dein Ex?«, zischt sie mir zu, als wir in der Küche sind. Ich nicke kraftlos.

»Ich fasse es nicht. Ist er der Grund, warum du Liam das Herz gebrochen hast? Wie kannst du ihn mit zu uns nach Hause bringen?« Meine Freundin ist total aufgebracht. Zu Recht, wie ich finde.

»Das Herz gebrochen?« Jetzt reicht es mir und ich gehe in Verteidigungshaltung. »Er hat mir das Herz gebrochen. Spielt mir die große Liebe vor und hat dabei noch eine andere Frau. Und nein, Max ist für gar nichts ein Grund. Er stand vorhin einfach vor meiner Tür. Ich hatte keine Ahnung. Was hätte ich denn machen sollen?« Plötzlich kämpfen sich bittere Tränen ihren Weg nach draußen und ich kann nicht anders als zu schluchzen.

»Scht. Es tut mir leid Nelly. Ich wollte dich nicht angreifen.«

»Das ist gerade alles zu viel für mich. Ich liebe deinen Bruder und ertrage es kaum, ihn anzuschauen, so weh tut es mir. Und jetzt taucht mein Ex auf und lässt alte Gefühle hochkochen.«

Ich bin äußerst aufgelöst und vergrabe das Gesicht in den Händen, als Mrs. Buckley zu uns in die Küche kommt. Sie scheucht ihre Tochter nach draußen und nimmt mich dann mütterlich in den Arm. »Kindchen, mir kannst du nichts vormachen. Ich sehe ganz genau, was da in meinem Wohnzimmer gerade los ist.« Überrascht schaue ich sie an und wische mir die Tränen aus dem Gesicht. »Ich habe gesehen, wie mein Sohn dich anschaut und wie du ihn anschaust. Man müsste schon blind sein, um eure Liebe füreinander zu übersehen. Und an der Art und Weise, wie dein ehemaliger Chef dich anschaut, sehe ich, dass er dich ebenfalls liebt. Und in deinen Augen Kleines sehe ich Schmerz und Enttäuschung. Beide Männer haben dir wehgetan und für beide hast du noch Gefühle.«

Wow! Ich bin ehrlich beeindruckt von ihrer Menschenkenntnis. »Du hast in allen Punkten recht. Ich fühle mich gerade total miserabel.«

»Möchtest du mir erzählen, wie die beiden dich verletzt haben?« Sie reicht mir ein Taschentuch, das ich dankend annehme und mir die Nase schnäuze.

Während sie den Colcannon, ein traditionelles Gericht aus Kartoffeln und Weißkohl, fertig zubereitet, rede ich mir alles von der Seele und bin unendlich dankbar, eine so geduldige Zuhörerin zu haben.

»Ich möchte nicht für einen der beiden Männer Partei ergreifen, aber erlaube mir bitte, Folgendes zu sagen. Mein Sohn liebt dich zweifelsohne, eine Mutter sieht so etwas. Solltest du dich letztendlich für ihn entscheiden, dann würdest du mich zur glücklichsten Schwiegermutter auf der gesamten Insel machen. Ach was sage ich, von ganz Irland.« Sie schmunzelt mich an und ich kann nicht anders, als ebenfalls zu lachen. »So und nun lass uns essen und den Abend genießen. Komm, hilf mir.« Gemeinsam bringen wir das Essen zu den anderen ins Wohnzimmer, und ich höre gerade noch, wie mein Ex sagt:

»... und ich liebe sie immer noch.« Ach du Scheiße! Er hat doch nicht etwa erzählt, dass wir zusammen waren? Ein Blick zu Liam beantwortet die Frage. Er hat es erzählt.

Entsetzt und mit schweißnassen Händen stelle ich die Schüssel auf den Tisch und setze mich zurück an den Platz. Dabei sehe ich Max mit bitterböser Miene an, doch dieser schaut ganz unschuldig drein. Während des Essens unterhalten sich Mr. Buckley und Maximilian angeregt über Deutschland und ich rutsche immer weiter auf meinem Stuhl nach unten. Ich wage es nicht, Liam anzuschauen, aber ich spüre seine Blicke schwer auf mir lasten. Am liebsten würde ich aufspringen und vor allen laut hinausschreien, dass ich ihn über alles liebe und mein Exfreund gern das Weite suchen kann. Stattdessen kaue ich nervös auf der Innenseite meiner Wange herum und hoffe, dieses Dilemma bald überstanden zu haben.

Als alle fertig sind mit dem Essen, steht Mrs. Buckley auf, um das Geschirr in die Küche zu tragen. Meine Chance, wenigstens für kurze Zeit nochmal hier raus zu kommen. Ich stehe also auch ein wenig zu schwungvoll auf und mein Stuhl kippt laut scheppernd nach hinten um. Es scheint, als soll ich heute der Trottel der Nation sein. Ich entschuldige mich peinlich berührt und hebe den Stuhl wieder auf.

»Nelly, du musst mir doch nicht beim Abräumen helfen, Liebes. Ich denke, mein Sohn kann jetzt ein wenig Bewegung gebrauchen.« Mrs. Buckley deutet mit einer schnellen Handbewegung an, dass er sie in die Küche begleiten soll. Ich kann mir schon denken, warum sie ihn draußen haben möchte, und bin ihr unendlich dankbar für die kurze Verschnaufpause.

»Wie gehen denn eigentlich die Arbeiten in deinem Café voran, Nelly?«, will Mr. Buckley von mir wissen.

»Oh, ich bin selbst überrascht, wie flink die Leute arbeiten. Wir sind schon beim Innenausbau. Heute Mittag habe ich die Wände gestrichen.«

»Das gefällt mir. Eine Frau, die auch selbst mit anpacken kann. Dann können wir ja vielleicht das Weihnachtsfestessen bei dir stattfinden lassen?« Er schmunzelt mich vergnügt an.

»Ehrlich gesagt habe ich keine Ahnung. Ich kann das nicht gut einschätzen. Aber ich hoffe darauf, dass die Arbeiten Anfang bis Mitte Dezember abgeschlossen sind. Wenn dem so ist, dann lade ich euch natürlich herzlich gern zum Weihnachtsessen ein.«

Mr. Buckley will gerade noch etwas antworten, als seine Frau fröhlich gelaunt in der Tür erscheint. »Zeit für den Nachtisch, Kinder.« Sie bringt den Barmbrack[5], einen traditionellen Früchtekuchen. Hinter ihr kommt ihr Sohn mit einer großen Kanne Tee. »Holst du bitte noch die Tassen?«, bittet er seine Schwester und setzt sich dann wieder an den Tisch. Ich versuche, aus seinem Gesichtsausdruck herauszulesen, was er und seine Mutter da draußen besprochen haben. Aber er zeigt keinerlei Regung. Es tut mir in der Seele weh, ihn so traurig zu sehen. Was wenn seine Schwester Recht hat und er wirklich keine andere Freundin hat und diese Frau nur eine Bekannte war? Dann hätte ich ihm unrecht getan und er hätte allen Grund, verletzt und zutiefst enttäuscht zu sein. Krampfhaft rufe ich mir die Erinnerungen an jenen Tag ins Gedächtnis, als er diese Frau im Arm

---

[5] Das Rezept findet ihr hinten im Buch.

gehalten hat. Nein so hält man keine Bekannte im Arm, sondern nur eine Frau, die man liebt. Oder habe ich doch zuviel hineininterpretiert? Etwas gesehen, was ich sehen wollte und nicht das, was wirklich passiert ist. Meine Unsicherheit macht mich absolut kirre und ich zucke erschrocken zusammen, als ich merke, dass alle Augenpaare auf mich gerichtet sind.

»Nelly träumst du?«, fragt meine Freundin.

»Entschuldigt bitte, ich war gerade kurz mit meinen Gedanken woanders.«

»Das hat man gesehen. Mom hat gefragt, ob du den Barmbrack anschneiden möchtest. In diesem traditionellen Früchtekuchen werden jedes Jahr zu Halloween verschiedene Gegenstände eingebacken, aus denen dann beim gemeinsamen Essen die Zukunft vorausgesagt wird. Wer zum Beispiel in seinem Stück Kuchen einen Ring findet, wird innerhalb eines Jahres heiraten, ein kleines Stück Stoff bedeutet drohende Armut und eine Münze steht für Reichtum im kommenden Jahr.

»Ja natürlich gern.« Ich nehme das Messer von Tisch, schneide den Kuchen und verteile die Stücke auf die einzelnen Teller. Max findet als Erster etwas in seinem Stück und fördert eine Münze zutage. Alle am Tisch klatschen begeistert und gratulieren ihm zu seinem unverhofften Reichtum.

»Geld brauche ich gar nicht. Reichtum in der Liebe würde mich voll und ganz glücklich machen«, sagt er bedeutungsvoll. Ich flehe innerlich, dass er endlich seinen Mund hält und mich nicht noch mehr in Verlegenheit bringt, als ich plötzlich auf etwas Hartes beiße. Mir ist sofort klar, dass ich auch etwas in meinem Kuchen gefunden habe. Noch bevor ich das Teil aus dem Mund befördert habe, ahne ich, was es ist und möchte es am liebsten einfach runterschlucken.

»Seht, Nelly hat den Ring!«, ruft Fíona aus und summt postwendend den Hochzeitsmarsch. *Ta-Damm Ta Damm, Ta-Damm Ta Damm*.

Scheiße!, fluche ich innerlich und gebe dann den Ring lächelnd meiner Freundin. »Den hättest du bekommen sollen. Wo ist eigentlich dein Herzblatt heute?«, versuche ich, vom Thema abzulenken.

»Das Schicksal hat entschieden, Nelly. Dagegen kannst du dich nicht wehren. Brian muss heute im Pub arbeiten.« Sie schließt meine Finger um den Ring zu einer Faust und schiebt meine Hand wieder zu mir zurück.

»Ist ja nur Aberglaube«, sage ich verlegen und lege das Ding auf den Tisch. Aus den Augenwinkeln sehe ich das Grinsen von Max. Ihm gefällt offensichtlich dieser Aberglaube und er scheint sich Hoffnungen zu machen. Liam hat das Grinsen wohl auch bemerkt, wie ich in seinen Augen ablesen kann. Ein leichtes Glitzern in seinem Augenwinkel verrät, dass er den Tränen nahe ist, was mich wiederum tief berührt und verwirrt. Unsere Blicke treffen sich, doch diesmal weiche ich ihm nicht aus. Wir schauen uns eine gefühlte Ewigkeit in die Augen und ertrinken gegenseitig in der Traurigkeit des anderen.

»Ich brauche frische Luft. Bitte entschuldigt mich.« Fluchtartig verlasse ich den Tisch und renne nach draußen. Vom Atlantik her weht ein frischer Wind, der meine glühenden Wangen angenehm abkühlt. Die Luft ist feucht, durchzogen von einem feinen Sprühregen. Ich schließe die Augen und lausche auf das Geräusch der Meeresbrandung. Es ist mir inzwischen so vertraut geworden, dass ich schon gar nicht mehr bei geschlossenen Fenstern schlafen kann. Wenn ich das Meer nicht hören kann, finde ich keine Ruhe und keinen Schlaf. Jemand hängt mir eine Jacke über die Schultern. Ich öffne die Augen und drehe mich um. Es ist Mrs. Buckley, die mich mit ihrem warmen, mütterlichen Blick anlächelt. »Mach dir nicht so viele Gedanken Nelly. Gott wird dir den richtigen Weg weisen. Du musst nur Vertrauen zu ihm fassen.«

Seufzend nicke ich ihr zu und betrachte die schaurig geschnitzte Steckrübenlaterne, die im Fensterbrett leuchtet.

»Warum kein Kürbis?«, frage ich Mrs. Buckley verwundert.

»In Irland wirst du kaum geschnitzte Kürbisse finden. Die Tradition der Kürbislaternen geht ja auf die irische Sage des Jack O'Lantern zurück.«

»Stimmt. Ich kann mich leider nur nicht mehr genau an die Sage erinnern«, gebe ich zu und schaue sie erwartungsvoll an.

»Die Sage erzählt uns von dem irischen Hufschmied Jack Oldfield, der zu Lebzeiten zweimal den Teufel um seine Seele geprellt hat, mit dem Ergebnis, dass der Teufel seine Seele auf alle Ewigkeit nicht bekommen würde.«

»Dann muss er ja ziemlich gerissen gewesen sein«, schmunzle ich und Mrs. Buckley nickt lächelnd.

»Das war er, ohne Frage. Extrem geizig und hinterlistig war dieser Kerl, deshalb durfte er nach seinem Tod auch nicht in den Himmel. Tja und in die Hölle ging es auch nicht, denn der Teufel hielt sich an sein Versprechen.«

»Der arme Jack musste also zwischen den beiden Welten umherirren, ohne ein richtiges Zuhaue zu haben«, vervollständige ich die Geschichte.

»Genau so war es. Der Weg war allerdings schrecklich dunkel und kalt, sodass der Teufel tatsächlich Mitleid mit Jack bekam und ihm ein Stück des Höllenfeuers schenkte, an dem er sich wärmen konnte. Jack höhlte eine Steckrübe aus, tat die glühende Höllenfeuerkohle da hinein und hatte somit eine Laterne, die ihm den Weg leuchtete.«

»Deshalb die geschnitzten Steckrüben. Da hatte der gute Jack ja nochmal Glück gehabt.« Mir geht es schon wieder ein Stück besser, als die anderen ebenfalls nach draußen kommen und Taschenlampen in den Händen halten.

»Wir gehen runter an den Strand und zünden gleich das Feuer an. Dad hat auch etwas Feuerwerk besorgt. Hier Nelly, ich habe dir eine Taschenlampe mitgenommen.« Fíona reicht mir die Lampe und hakt sich dann bei mir unter.

Bis zum Strand brauchen wir nur fünf Minuten. Das Cottage der Buckleys ist ähnlich nah ans Meer gebaut wie meins. Als wir ankommen, sind bereits ein paar unserer Nachbarn damit beschäftigt, das Holz für das Feuer aufzutürmen.

Gemeinsam zünden wir das Holz unter einigen Anstrengungen an. Die durch den Regen feucht gewordenen Scheite qualmen fürchterlich, sodass wir uns plötzlich durch den dicken Nebel nicht mehr sehen können. Als die Flammen endlich hoch in den Himmel auflodern sind überall Ahs und Ohs zu hören. Aus einem der Picknickkörbe hole ich eine Dose Guinness für mich und Max und lasse mich dann von dem prasselnden Feuer wärmen. Ein absolut magischer Moment. Gebannt beobachte ich die Flammen, lasse mich von der gedämpften Geräuschkulisse verzaubern und vergesse vorübergehend alle Sorgen, die mich gerade plagen.

Plötzlich legen sich zwei Arme von hinten um meinen Körper und ich spüre den heißen Atem von Max an meinem Hals.

»Du siehst wunderschön aus, Nelly«, haucht er mir ins Ohr und küsst mich zärtlich in den Nacken. Ein wohliger Schauer durchzieht meinen Körper, doch gleich darauf löse ich mich ein Stück von ihm, in der Hoffnung, dass Liam uns nicht gesehen hat. Hastig schaue ich mich um und erspähe ihn einige Meter von uns entfernt, vertieft in ein Gespräch mit seinem Vater. Erleichtert atme ich aus, drehe mich zu meinem Ex um und proste ihm mit der Dose Stout zu, seine Bemerkung ignorierend.

»Das Feuer erinnert mich ein bisschen an die Walpurgisnacht in Deutschland. Was hat es damit auf sich?«, will Max von mir wissen.

»Soweit ich weiß, geht dieser Brauch auf das keltische Samhain zurück. Die Nacht vom 31. Oktober markierte im keltischen Kalender den letzten Tag des Sommers und der Ernte. Die Nacht war quasi der Übergang vom Sommer in den Winter.« Max schaut mir gebannt in die Augen, während er mir zuhört und ich nippe an der Dose Guinness, bevor ich weiter erzähle. »Die Menschen glaubten damals, dass nur in dieser einen Nacht die Seelen der Verstorbenen die Erde betreten konnten und sich als Geister unter die Lebenden mischten. Um böse Geister abzuwehren, wurden schließlich riesige Feuer angezündet.« Mit einer theatralischen Geste deute ich auf die in den Himmel emporschlagenden Flammen.

»Achtung! Das Feuerwerk geht los!«, ruft jemand und alle schauen gebannt in den Himmel. Die Raketen zaubern bunte und filigrane Gebilde an den schwarzen Nachthimmel und wieder sind von überall her Ausrufe der Freude zu hören.

»Und seit einigen Jahren versuchen die verrückten Iren, die Geister mithilfe lärmender Feuerwerke zu verscheuchen«, flüstere ich Max schmunzelnd ins Ohr. Er zieht mich ein Stück nach hinten in die Dunkelheit und legt erneut seine Arme um meinen Körper. Der vertraute Geruch seines Aftershaves steigt mir in die Nase und lässt unmittelbar Bilder der Erinnerung in mir aufsteigen. Sein Daumen streicht sanft über meine Wange und er vergräbt sein Gesicht in meinem Haar. »Der Duft deiner Haare hat mich schon immer fast um den Verstand gebracht.«

»Ich weiß.« Mehr bringe ich in diesem Moment nicht über die Lippen. Ich muss schwer schlucken und in meinem Kopf dreht sich alles.

»Mir ist schwindlig. Ich muss mich einen Moment setzen.«

»Komm hier rüber, da ist ein Felsen.« Total besorgt stützt er mich und kniet sich dann vor mich hin. »Soll ich dir ein Wasser holen?«

»Nein danke. Ich muss nur kurz sitzen, dann geht es schon wieder.« Früher hat er sich nie so besorgt gegeben. Es wundert mich doch, warum er jetzt sein Verhalten geändert hat. Ich bleibe noch eine Weile sitzen und beobachte die tänzelnden Flammen, die nach und nach kleiner werden. Der Sprühregen hat inzwischen nachgelassen und ist in einen gleichmäßigen Nieselregen übergegangen. Meine Augen suchen unablässig den Bereich um das Feuer ab, um Liam zu entdecken, aber er ist nirgends zu sehen.

»Wo ist dein Bruder?«, frage ich Fíona, die gerade auf mich zukommt.

»Der sitzt da hinten.« Sie deutet mit der Hand in eine Richtung und tatsächlich kann ich ihn nun erkennen. In sich zusammengesunken sitzt er auf dem Boden, eine Dose Bier in der Hand und starrt abwesend ins Feuer. »Ist alles in Ordnung mit dir, Nelly?«

»Ja mir geht es gut. Mir war nur etwas schummrig. Ich denke, wir gehen jetzt auch besser nach Hause.«

»Okay Nelly. Wir sehen uns dann morgen. Kommt gut nach Hause.«

»Ja bis Morgen Süße.« Ich gebe ihr einen Kuss auf die Wange und verabschiede mich dann noch von Mr. und Mrs. Buckley, bevor ich mich mit Maximilian auf den Heimweg mache.

Der Schein der Taschenlampe leuchtet uns spärlich den Weg und wir müssen vorsichtig sein, damit wir nicht stolpern. Max greift nach meiner Hand und ich habe nicht mehr die Kraft, mich dagegen zu wehren. Auf eine gewisse Weise fühlt es sich sogar gut an, seine warme und kräftige Hand in meiner zu spüren. Nach etwa zwanzig Minuten kommen wir am Cottage an.

»Möchtest du noch etwas trinken?«, frage ich ihn.

»Ja sehr gern, Nelly.«

»Okay, ich geh mir schnell die Haare etwas abtrocknen. Hol doch schon mal Gläser. Die findest du in der Küche.« Ich zeige ihm den Weg und verschwinde dann im Badezimmer. Ich öffne das Fenster, setze mich auf den Wannenrand und atme erstmal tief durch. Was für ein Abend. Ich fühle mich emotional erschöpft und ausgelaugt. Nachdem ich ein paar Minuten lang auf das Rauschen des Meeres gelauscht habe, nehme ich mir ein Handtuch und rubbele damit die feuchten Haare trocken. Ach du Schreck! Ich sehe aus wie ein Wischmopp. Hektisch krame ich nach einem Haargummi und binde mein Haar zusammen, bevor ich zurück ins Wohnzimmer gehe. Max sitzt bereits auf der Couch und wartet. Ich hole eine Flasche Jameson Whisky aus dem Schrank, gieße etwas davon in unsere Gläser und lasse mich dann zu ihm auf die Polster gleiten.

»Das war ein schöner Abend, Nelly. Du hast wirklich tolle Freunde und Nachbarn.«

»Ja die Buckleys sind wunderbar und wie eine zweite Familie für mich«, stimme ich ihm zu.

»Ich habe mir die letzten Monate große Sorgen um dich gemacht. Nicht zu wissen, wo du bist und wie es dir geht. Das hat mich fast um den Verstand gebracht.«

Jetzt bekomme ich doch noch ein schlechtes Gewissen, dass ich damals so Knall auf Fall abgehauen bin.

»Es tut mir ehrlich leid. Ich hätte mich nicht einfach so aus dem Staub machen dürfen und dir wenigstens eine Nachricht zurücklassen müssen.«

»Das war absolut typisch für dich. Mit dem Kopf durch die Wand und nicht nach links und rechts geschaut.« Da er mich anlächelt, scheint er inzwischen nicht mehr böse zu sein. Ein Glück. Es war wirklich fies von mir. Aber ich war so verletzt und gedemütigt.

»Ich habe mich wie ein kleines verzogenes Kind verhalten. Das sehe ich ein und entschuldige mich in aller Form bei dir dafür.« Aber nicht dafür, dass ich dich verlassen habe, das hast du nämlich verdient, füge ich in Gedanken hinzu.

»Ich habe dir längst verziehen, Nelly. Von dem Zeitpunkt an, als mein Privatdetektiv dich gefunden hatte, habe ich nur noch nach vorn geschaut.« Er stellt sein Glas auf den Tisch und dreht seinen Oberkörper mir zu. »Ich trage ja eine große Schuld an deinem Verhalten und habe dir sehr wehgetan. Ich war ein sexsüchtiges Arschloch und hatte meine Lust absolut nicht unter Kontrolle.« Sprachlos starre ich ihn mit heruntergeklappter Kinnlade an. Solche Selbsterkenntnisse aus seinem Mund zu hören, grenzt an ein Wunder.

»Nelly«, fährt er fort, »ich würde alles dafür geben, meine Taten ungeschehen zu machen. Bitte verzeih mir.« Flehend ergreift er meine Hände und knetet sie sanft in seinen. Normalerweise bin ich nicht auf den Mund gefallen, aber in dieser Sekunde weiß nicht, was ich sagen soll. Niemals hätte ich gedacht, dass er sich ändern könnte und woher soll ich wissen, dass er sich wirklich geändert hat und mir nicht nur etwas vorspielt.

»Habe ich dich wirklich so tief verletzt, dass du mir jetzt nicht verzeihen kannst?«, fragt er traurig, als ich nicht antworte.

»Doch. Nein. Das ist gerade alles etwas viel für mich.«, stottere ich verwirrt vor mich hin, leere in einem Zug mein Glas und stelle es anschließend etwas zu energisch auf dem Tisch ab. Dann denke ich kurz nach, bevor ich ihm antworte.

»Du hast dich bei mir entschuldigt und bereust offensichtlich, was du mir angetan hast. Jetzt ist es an mir, dir zu verzeihen. Ich denke, es ist an der Zeit, das Kriegsbeil zu begraben.«

Anstatt einer Antwort beugt er sich zu mir vor, zieht mit seinen Händen meinen Kopf zu sich heran und küsst mich. Im ersten Moment bin ich zu perplex, um zu reagieren, doch dann stellt sich das vertraute Prickeln ein, das ich bei ihm immer gespürt habe. Ohne genau zu wissen warum, lasse ich es geschehen und gebe mich ihm hin. Vermutlich ist es purer Egoismus, der mich ausgerechnet jetzt schwach werden lässt. Seine Lippen lösen sich kurz von Meinen und ich nutze die Chance, zu Atem zu kommen, während er mir mit einem Ruck das Shirt über den Kopf zieht. Danach verschlingt er mich erneut beinahe mit einem leidenschaftlichen und innigen Kuss. Hektisch fummelt er in meinem Rücken am Verschluss des BHs rum und schließlich gelingt es ihm auch, die Haken zu lösen. Benebelt vom Alkohol und der aufsteigenden Lust streife ich den BH ab und lasse ihn auf den Boden fallen, um dann den Reißverschluss seiner Hose zu öffnen. Als ich seine harte Männlichkeit berühre, stöhnt er kurz auf und beißt mir spielerisch in die Oberlippe. Nachdem ich ihm seine Jeans über die Hüften geschoben habe, fahre ich mit meinen Händen unter den Stoff seiner Unterhose. Mit festem Griff packe ich seine Pobacken und kralle meine Finger hinein, während seine Lippen an meinem Hals entlang nach unten wandern. Energisch schubst er mich nach hinten, knetet meine Brüste und beißt gierig in die inzwischen harten

Brustwarzen. Alles fühlt sich an wie früher, fast so, als wären wir nie getrennt gewesen. Lustvoll bäume ich meinen Körper auf und recke mich ihm entgegen, während er flink meine Hose öffnet und sie samt Slip nach unten schiebt. Kaum zu bremsen haucht er mir wollüstig einen Kuss auf meine Scham und entflammt damit eine regelrechte Feuersbrunst in mir. Keuchend entledigt er sich seiner restlichen Klamotten und bedeckt dann meinen Mund mit einem gierigen Kuss. Gleichzeitig drückt er mit einer Hand meine Schenkel auseinander und lässt seine Finger fordernd in mich hineingleiten. Scheiße, was mache ich hier eigentlich? Erschrocken stoße ich ihn von mir runter.

»Es tut mir leid. Ich kann das nicht. Nicht jetzt.«

»Was ist los? Habe ich dir wehgetan? Du mochtest es doch früher auch immer ein wenig härter.«

»Es geht gerade einfach alles zu schnell. Sei mir bitte nicht böse. Es ist besser, wenn wir jetzt schlafen gehen. Getrennt!«

Zügig sammle ich meine Klamotten ein und gehe zur Treppe. Bevor ich nach oben gehe, drehe ich mich noch einmal zu ihm um. »Ich bring dir gleich Bettzeug.« Wie ein begossener Pudel steht er unsicher da und seine Erektion lässt sichtlich nach, sodass ich ein wenig Mitleid mit ihm habe. Es ist grausam, so heiß gemacht zu werden und dann nicht zum Zug zu kommen. Aber ich möchte mich auch morgen noch im Spiegel anschauen können. Einmal mehr wird mir bewusst, wie sehr ich Liam liebe, wie sehr ich ihn vermisse und wie sehr ich mich nach seiner Nähe sehne. Warum muss auch immer alles so schrecklich kompliziert sein? Aus der Dachkammer hole ich Bettzeug für Max und bring es ihm schnell nach unten.

»Gute Nacht«, sage ich leise mit gesenktem Blick und schleiche wieder die Treppe nach oben. Er antwortet nicht.

Herrgott, was willst du eigentlich hier?

»Fehler sind das Tor zu neuen ENTDECKUNGEN.«
James Joyce

Im Bett wälze ich mich noch mindestens eine Stunde lang von einer Seite auf die andere, ohne in den Schlaf zu kommen. Gefangen in unendlichen Grübeleien, weiß ich plötzlich nicht mehr, was ich will. Das Auftauchen meines Ex hat mich total aus der Bahn geworfen und alte Gefühle hervorgeholt. Möchte ich wirklich mit Liam zusammen sein oder bilde ich mir meine Liebe zu ihm nur ein? War er nur ein Trost, um über die Sache mit Max hinwegzukommen? Wenn ich ihn wirklich so sehr liebe, sollte ich dann nicht um ihn kämpfen wie eine Löwin? Oder sind da noch Gefühle für Max und ich wünsche mir, dass alles wieder so wird wie früher? Vollkommen verzweifelt vergrabe ich das Gesicht im Kopfkissen und weine mich in den Schlaf.

Am nächsten Morgen werde ich von herrlichem Kaffeeduft geweckt. Verschlafen schlage ich die Augen auf und fühle mich wie gerädert. Verdammt. Ich möchte nicht, dass er mir Frühstück macht, als sei nichts gewesen. Verärgert und todmüde gehe ich nach unten in die Küche, wo Max am Herd steht und Spiegeleier brutzelt.

»Was machst du da?«, herrsche ich ihn an.

»Guten Morgen Nelly. Ich dachte, ich revanchiere mich für die Übernachtungsmöglichkeit und mache uns ein Frühstück. Ich habe es nur nett gemeint«, verteidigt er sich zerknirscht.

»Entschuldige bitte. Ich fürchte, ich bin mit dem falschen Fuß aufgestanden. Fangen wir einfach nochmal an.« Ich gehe drei Schritte zurück, um dann noch einmal in die Küche zu kommen. »Guten Morgen. Hm, das duftet ja herrlich hier. Wie schön, dass du uns Frühstück machst.«

»Du Spaßvogel. Setz dich hin, Frühstück ist fertig.« Er nimmt die Pfanne vom Herd und gibt auf jeden Teller ein Spiegelei.

»Wegen gestern Abend ...«, beginne ich, während ich Butter auf eine Scheibe Toast streiche.

»Mach dir deswegen keinen Kopf, Nelly. Es war meine Schuld. Ich hätte dich nicht so bedrängen dürfen.«

»Und ich hätte das Ganze früher stoppen müssen«, entgegne ich, froh darüber, dass er mir nicht böse ist.

»Schwamm drüber. Es ist ohnehin besser, alles langsamer anzugehen.«

Nachdenklich kaue ich auf meinem Toast herum und beobachte Max, wie er sein Ei in sich hineinschaufelt.

»Herrgott, was willst du eigentlich hier?«, platzt es unvermittelt aus mir heraus.

Er schaut mich verdutzt an. »Das habe ich dir doch schon gesagt, ich habe einen wichtigen Geschäftstermin.«

»Nicht in Irland meine ich. Hier, bei mir.«

»Auch das habe ich dir gestern gesagt, Darling. Ich habe Gott und die Welt in Bewegung gesetzt, um dich zu finden, weil du mir unendlich gefehlt hast. Ich möchte dich wieder zurückhaben, Nelly.« In seinen Augen erkenne ich Schmerz und Sehnsucht und merke plötzlich, wie sehr auch er mir gefehlt hat. Da ich seinem eindringlichen Blick nicht standhalten kann, ohne in Tränen auszubrechen, schaue ich auf den Teller und stochere mit zitternder Hand im Spiegelei herum.

»Sag bitte etwas. Dein Schweigen ist nur schwer zu ertragen.« Flehend greift er über den Tisch hinweg nach meiner Hand.

»Ich bin ehrlich gesagt, ziemlich durch den Wind gerade. Lass mir einfach ein bisschen Zeit, um mir über einige Dinge klar zu werden.«

»Ich verstehe. Du sollst deine Zeit haben.« Obwohl er es überspielt, bemerke ich seine Enttäuschung. Aber warum sollte ich ihm etwas vormachen? Auch wenn er es mehr als verdient hätte, liegt es mir fern, ihm wehzutun.

»Du kannst hier bei mir wohnen, solange du in Irland zu tun hast.«

»Vielen Dank Nelly. Ich habe morgen einen Termin in Galway. Vielleicht hast du ja Lust mitzukommen?«

»Ja mal schauen, je nachdem, was auf der Baustelle los ist. Denk daran, dass die Fähre in den Wintermonaten nur morgens und abends einmal ablegt.«

»Ich habe mir die Zeiten aufgeschrieben. Moment.« Er kramt in seiner Hosentasche und holt einen Zettel hervor. »Acht Uhr fünfzehn, richtig.«

»Genau. Hast du Lust nachher mit ins Café zu kommen? Ich möchte nach dem Rechten sehen und danach können wir uns ein wenig die Insel anschauen.« Gemeinsam räumen wir das Geschirr zusammen und tragen es in die Spüle.

»Sehr gern. Ich bin schon total gespannt auf dein Café.«

Die Handwerker sind schon da und arbeiten fleißig am Fußboden, als wir eine Stunde später an dem kleinen Cottage ankommen. Die Hälfte des Hauses haben sie bereits mit den ockerfarbenen Steinfliesen gefliest. Einer der Männer macht gerade eine Pause und ich trete zu ihm. »Ich bin beeindruckt, wie flott Sie vorankommen. Tolle Arbeit«, lobe ich ihn.

»Ja Miss Nolan. Morgen müssen wir hier fertig sein, dann wird ihre Küche eingebaut.«

»Was? So schnell?« Ich bin gänzlich aus dem Häuschen. In meinen kühnsten Träumen habe ich damit gerechnet, dass ich knapp vor Weihnachten das Café eröffnen kann. Wenn aber morgen schon die Küche kommt, kann es ja viel früher als geplant losgehen. Aufgeregt ziehe ich das Handy aus der Tasche und rufe den Architekten an, um mich zu vergewissern, dass es jetzt tatsächlich so fix geht.

»Das hat alles seine Richtigkeit, Miss Nolan. Morgen wird die Küche geliefert«, bestätigt er mir am Telefon.

»Das ist großartig. Ich weiß gar nicht, was ich sagen soll. Damit hätte ich so schnell nicht gerechnet.«

»Ja die Handwerker haben wirklich straff durchgearbeitet. Vergessen Sie nicht, sich nun auch langsam um die restliche Einrichtung zu kümmern, Tische, Stühle, Sofas, was auch immer Sie haben möchten.«

Ich stoße einen Freudenschrei aus, sodass die Männer ihre Arbeit unterbrechen und zu mir aufschauen. Überglücklich falle ich Max um den Hals und hätte ihn beinahe umgestoßen.

»Nicht so stürmisch, junge Frau. In meinem Alter bin ich nicht mehr ganz so standhaft. Ich freue mich wirklich für dich, Nelly.« Er küsst mich auf die Stirn und sieht sich dann im Café um. »Toll, was du hier aufgebaut hast. Ich bin sehr stolz auf dich, Kleines.«

»Der größte Dank gebührt diesen fleißigen Handwerkern und nicht mir.« Lächelnd deute ich auf die tüchtigen Männer, die bereits wieder in ihre Arbeit vertieft sind.

»Wollen wir jetzt zum Poll na bPéist?«, frage ich ihn.

»Was ist das?«

»Es wird auch The Wormhole genannt, ein rechteckiges Becken in den Felsen an der Küste. Letztes Jahr fand dort das Red Bull Cliff Diving Event statt.«

»Ich erinnere mich, davon gelesen zu haben. Ja gern, ich bin für alles offen.«

Als ich zum ersten Mal zum Poll na bPéist gewandert bin, musste ich ziemlich suchen, bevor ich es gefunden habe, denn der Weg dorthin ist leider, wie viele Wege hier in Irland, nicht so gut und eindeutig ausgeschildert. Aber jetzt weiß ich zum Glück, in welche Richtung wir laufen müssen und gut eine halbe Stunde später kommen wir an dem großen Becken an. Erneut komme ich aus dem Staunen über diese gewaltige Naturerscheinung nicht heraus. Vor uns öffnet sich ein gigantisches, exakt rechtwinkliges Becken mitten in den schroffen Felsen, welches über einen unterirdischen Zugang vom Atlantik mit Wasser gespeist wird.

»Du meine Güte, das ist ja beeindruckend«, staunt Max, als wir am Rand der Klippen stehen.

»Kaum zu glauben, dass diese geometrische Form nicht von Menschenhand, sondern allein von Mutter Natur erschaffen wurde, oder?«

»Die Natur ist wirklich zu herausragenden Dingen fähig. Man könnte denken, hier waren Außerirdische am Werk. Oder hat meine kleine Nelly hier als Kind mit Hammer und Meißel gespielt?« Lachend schlingt er seine Arme von hinten um meinen Körper und knabbert frech das Ohrläppchen an. Sofort richten sich meine Nackenhaare auf und ein Kribbeln durchzieht meinen Körper. Max weiß noch immer, wie er mich zum Schmelzen bringt.

»Du hast mir so sehr gefehlt, Kleines«, flüstert er mir ins Ohr.

»Du mir auch Max«, gebe ich zaghaft zu und drehe mich zu ihm um. Seine Hände umfassen meinen Hinterkopf und er zieht mich langsam näher zu sich heran. Verflogen ist all mein Groll gegen ihn, ich schließe die Augen und wir versinken in einem leidenschaftlichen Kuss, begleitet von der tosenden Brandung. In diesem perfekten Moment möchte ich einfach nur daran glauben, dass Max sich geändert hat und nicht mehr der ichbezogene, ignorante und rücksichtslose Typ, dem ich vor Wochen den Rücken gekehrt habe.

Wir bleiben noch eine Weile eng umschlungen auf einem Felsvorsprung sitzen, jeder seinen Gedanken nachhängend und beobachten fasziniert das Meer, bevor wir uns auf dem Heimweg machen.

Das Tagebuch

»Mögest du in deinem Herzen dankbar bewahren die
kostbaren ERINNERUNGEN in deinem Leben.«
Irischer Segenswunsch

Max ist heute doch allein zu seinem Geschäftstermin
nach Galway gefahren und ich genieße gerade ein Full
Irish Breakfast, das ich heute sicherheitshalber noch
mal zur Probe zubereitet habe. Später am Tag möchte
ich im Café vorbeischauen, da heute die neue Küche
dort eingebaut wird. Nach dem Frühstück gehe ich
nach oben in die Dachkammer und will endlich mal
die Kisten meiner Granny durchsehen und sortieren.
Viel zu lange habe ich das vor mir hergeschoben, aus
Angst, mich meinen Erinnerungen stellen zu müssen.
Ich vermisse Grandma mehr, als ich mir je hätte
vorstellen können. Heute fühle ich mich bereit, mich
der Vergangenheit zu stellen. Erwartungsvoll ziehe
ich mir einen Karton hervor, setze mich davor auf den
Fußboden und öffne ihn.

Als Erstes fällt mir ein Fotoalbum in die Hände. Es sieht noch relativ neu aus, so hätte Grandma es erst kurz vor ihrem Tod auch angelegt. Mein Herz trommelt aufgeregt, als ich es aufschlage. Auf der ersten Seite sind zwei Fotos von mir eingeklebt. Ich war darauf vielleicht drei oder vier Jahre alt. Im Hintergrund erkenne ich das Cottage, also wurde dieses Foto hier im Garten aufgenommen. Auf der nächsten Seite kommt ein Bild mit meinen Eltern und meinem kleinen Bruder, als er vier Jahre alt war. Ich kann mich noch sehr gut an diesen Tag erinnern. Damals war ich sieben und wir haben alle vier gemeinsam Grandma besucht. Dieses Foto entstand bei einem Ausflug nach Connemara. Mein Bruder sah am Straßenrand einen stattlichen Schafsbock mit gewaltigen Hörnern und quiekte im Auto vor Freude. Wir hielten an und haben das Tier eine Weile beobachtet. Er war so glücklich an diesem Tag. Drei Jahre später war er tot. Mir fließen heiße Tränen in Sturzbächen über das Gesicht. Die Erinnerungen, die gerade aufgebrochen wurden, schmerzen mich sehr.

Es dauert einige Minuten, bis ich mich wieder fange und weiter durch das Album blättern kann. Als Nächstes folgen tolle Aufnahmen von Grandma zusammen mit mir oder meinen Eltern. Alles wundervolle Momente, die ich jetzt noch einmal durchleben kann. Seltsam, ich spüre gleichzeitig eine große Freude und einen tiefen Schmerz, beim

Durchsehen der Familienfotos. Schmerzlich wird mir bewusst, dass ich die Einzige bin, die noch am Leben ist und ich fühle mich plötzlich sehr einsam und allein. Nachdem ich das Album durchgeblättert habe, lege ich es zur Seite und schaue wieder in den Karton. Ein kleines, ledergebundenes Buch erregt meine Aufmerksamkeit. Oder ist es noch ein Album? Neugierig hole ich es heraus und öffne es. Ein Tagebuch! Erschrocken klappe ich es wieder zu.

Nie im Leben hätte ich vermutet, dass Grandma Tagebuch geschrieben hat. Ehrfürchtig halte ich es in der Hand und streiche sanft mit der anderen über den Einband. Irgendwie fühlt es sich nicht richtig an, in den intimsten Geheimnissen meiner Oma zu lesen. Bestimmt zehn Minuten sitze ich mucksmäuschenstill auf dem Dachboden, das Tagebuch in der Hand, und ringe mit meinem Gewissen, ob ich einen Blick hinein wagen kann. Mit zittrigen Händen öffne ich schließlich das Buch und beginne zu lesen:

Doktor Fitzpatrick hat heute die Ergebnisse der CT-Untersuchung besprochen. Leider hat sich sein ursprünglicher Verdacht bestätigt. Ich habe einen Hirntumor. Nun hätte ich wohl allen Grund wütend zu sein, wütend auf den lieben Gott, weil er mich mit solch einer schlimmen Krankheit bestraft. Aber bestraft er mich wirklich, oder stellt er mich nur vor eine Probe? Nein, ich bin nicht wütend. Im Gegenteil fühle ich unendliche

Dankbarkeit für mein bis hierhin so erfülltes Leben. Ich durfte viele Jahre gemeinsam mit meinem geliebten Ehemann verbringen, wir hatten einen wunderbaren Sohn, der eine liebenswerte Schwiegertochter in die Familie brachte und uns mit ihr eine hübsche Enkelin und einen süßen Enkel schenkte. Mein Leben war angefüllt von Glück und Zufriedenheit und nun heißt es, sich zu verabschieden ...

Schnell wird mir klar, dass dies hier kein normales Tagebuch ist, sondern dass Großmutter über ihre Erkrankung geschrieben hat. Anscheinend hat sie mithilfe dieses Buches ihre Krankheit und ihren bevorstehenden Tod besser verarbeiten können. Während ich weiter lese, rinnen mir unablässig Tränen übers Gesicht. Schluchzend und schniefend fühle ich mich so elend, weil ich meine Oma im Stich gelassen habe. Warum um alles in der Welt hat sie mir nichts gesagt? Bei den nächsten Zeilen stockt mir der Atem und ich bekomme eine Gänsehaut.

Nach den langen Gesprächen mit Doktor Fitzpatrick und meinen lieben Nachbarn steht nun der Termin fest. Heute ist mein letzter Tag auf dieser wundervollen Erde und ich bin bereit, morgen mit der Hilfe des Doktors vor meinen Schöpfer zu treten. Ich hoffe, dass meine Enkelin Nelly mir eines Tages verzeihen kann und diesen Schritt verstehen wird. Mein Leben lang war ich aktiv und selbständig und kann den Gedanken nicht ertragen, abhängig von anderen Menschen dahinzusiechen. Der Doktor hat mir ganz genau vor Augen geführt, mit welchen grauenvollen Symptomen ich die nächsten Wochen zu rechnen habe. Das möchte ich auf keinen Fall. Vielen Dank, lieber Gott, für dieses erfüllte Leben, das ich leben durfte.

Vollkommen geschockt starre ich auf die Zeilen, lese sie noch ein zweites Mal und noch ein drittes Mal. Doch der Inhalt bleibt immer gleich. Meine Grandma hat sich ihren Todestag bewusst ausgesucht und wollte sterben, bevor der Hirntumor sie außer Gefecht gesetzt hätte. Und Doktor Fitzpatrick hat sich dazu bereit erklärt, Granny aktive Sterbehilfe zu gewährleisten. Schlimmer noch, auch die Buckleys haben davon gewusst und haben mir ebenfalls nichts gesagt. In meinem Kopf dreht sich alles. Genauer betrachtet war es gar keine Sterbehilfe, sondern Tötung auf Verlangen. Unabhängig davon, keins von beiden ist rechtlich erlaubt und stellt eine Straftat dar. Wut steigt unablässig in mir auf. Wut auf Doktor Fitzpatrick, Wut auf die Buckleys aber auch auf meine Großmutter. Warum haben sie alle das zugelassen und niemand hielt es für nötig, mich zu informieren? Ich hatte verdammt noch mal das Recht, meine Oma vor ihrem Tod noch einmal zu sehen. Granny, warum hast du das getan? Tränen tropfen auf die Tinte im Buch und hinterlassen einen blauen Fleck, den ich schnell trocken tupfe, damit alles Geschriebene erhalten bleibt. Tief im Herzen verstehe ich sie, ihren Schmerz und ihre Angst vor dem, was der Tumor ihr vielleicht noch angetan hätte. Vermutlich hätte ich nicht anders gehandelt. Trotzdem war es nicht richtig, mich in diese Dinge nicht einzuweihen. In meiner alles verzehrenden Wut beschließe ich Doktor Fitzpatrick gleich zur Rede zu stellen und im Anschluss zu den Buckleys zu gehen.

Entschlossen gehe ich nach unten ins Bad, putze mir die Zähne und schlüpfe dann in die Jeans und einen Pullover. Es regnet momentan zum Glück mal nicht, sodass ich auf eine Mütze verzichte. Aus dem Anbau hole ich mir das Fahrrad und schlage den Weg nach Kilronan, zum Medical Centre ein. Da ich so aufgewühlt bin, trete ich energischer als sonst in die Pedale und bin schrecklich am Japsen, als ich an der Praxis ankomme.

»Ich muss ihn dringend sprechen«, sage ich atemlos zur Arzthelferin und deute mit dem Zeigefinger auf die Tür des Doktors.

»Er hat einen Patienten drin. Ist es ein Notfall, Miss Nolan? Kann ich Ihnen helfen.«

»Nein! Ich muss ihn sprechen. Dringend«, stammle ich und lasse mich auf einen Stuhl fallen. »Ich warte hier.«

»Möchten Sie ein Glas Wasser? Sie sehen recht blass aus.« Die Arzthelferin schaut mich besorgt an und ich schüttele vehement den Kopf. Endlich lässt sie mich in Ruhe und widmet sich wieder ihrer Arbeit, sodass ich zu Atem kommen kann. Nach etwa fünf Minuten beugt sie sich hinter ihrem Tresen hervor und ruft: »Der Doktor hat jetzt Zeit für Sie, Miss Nolan.«

Hastig stehe ich von meinem Stuhl auf und renne fast in das Zimmer des Arztes.

»Was kann ich für Sie tun, Miss Nolan? Ist etwas mit ihrem Bein nicht in Ordnung?« Er bedeutet mir mit einer Handbewegung, dass ich mich auf den Stuhl setzen soll.

»Meinem Bein geht es fantastisch.« Ich versuche ein Lächeln. Verdammt, wie fange ich eigentlich an? Ich habe mir gar nicht überlegt, was ich ihm sagen will.

»Das freut mich sehr, zu hören. Nun, was führt Sie zu mir?«

»Mir ist heute beim Aufräumen etwas von meiner Großmutter in die Hände gefallen.« Angespannt runzelt er die Stirn und faltet seine Hände ineinander, während ich weiterrede. »Ein Tagebuch.« Beschämt halte ich inne, da es mir unangenehm ist, vor diesem Mann zuzugeben, dass ich im Tagebuch meiner Großmutter gelesen habe.

»Ich glaube zu wissen, was Sie auf jenen Seiten gelesen haben und kann durchaus verstehen, dass Sie ungehalten sind.«, entgegnet er mir gedämpft.

»Ungehalten? Ich bin nicht ungehalten! Ich bin ... ach ich weiß überhaupt nicht, was ich bin. Wissen Sie, im ersten Moment war ich total geschockt und stinksauer auf Sie, auf die Buckleys und auf meine Grandma. Aber jetzt ... Granny hatte es verdient, würdevoll von dieser Welt zu gehen und ich weiß, dass Sie ihr nur großes Leid ersparen wollten.«

»Miss Nolan. Glauben Sie mir bitte, dass mir diese Entscheidung nicht leicht gefallen ist. Als ihre Großmutter mit dieser Bitte zu mir kam, habe ich zuerst abgelehnt.«

»Oh. Das wusste ich nicht. Was hat Sie dann doch umgestimmt?«

»Tja, die gute Mrs. Nolan war schon immer eine sehr zielstrebige Frau und hat stets bekommen, was sie sich vorgenommen hat und dabei niemals ihre Würde verloren.« Seine Antwort überrascht doch sehr und ich rutsche auf dem Stuhl etwas weiter nach vorn. Mir steigen Tränen in die Augen und ich krame hektisch nach einem Taschentuch in meiner Hosentasche.

»Sie hatte sich sehr gut über ihre Erkrankung informiert und mir brutal klar gemacht, unter welchen Qualen Sie womöglich sterben würde«, fährt er fort und reicht mir eine Box mit Taschentüchern über den Tisch. Dankbar greife ich zu und schnäuze die Nase.

»Ich möchte mir gar nicht ausmalen, wie schrecklich es für Granny gewesen sein muss. Aber Sie wussten doch, dass Sie sich strafbar machen würden. Sie könnten ihre Zulassung verlieren.«

»Das war und ist mir sehr wohl bewusst. Ich habe darauf bestanden, dass wir die Buckleys als Nachbarn und gute Freunde Ihrer Großmutter in die Entscheidungen einbeziehen. Ihre Großmutter war einverstanden.«

»Haben Sie niemals daran gedacht, mich anzurufen? Ich finde, ich hatte doch ein Recht darauf, mich von meiner Grandma zu verabschieden.«

»Doch Miss Nolan. Ich habe viele Male darum gebeten, dass ich Sie anrufen dürfe, auch die Familie Buckley wollte Sie informieren, aber Ihre Großmutter hat darauf bestanden, dass wir nichts dahingehend unternehmen. Ich bin mir nicht sicher, ob sie uns vor einer Gefängnisstrafe oder Sie vor einer schwierigen Entscheidung beschützen wollte.«

»Vermutlich beides«, antworte ich und schaue dem Arzt traurig in die Augen. Er nickt abwesend und spielt mit seinem Kugelschreiber, dann fährt er fort. »Ihre Großmutter hatte nichts dem Zufall überlassen. Sie hatte alles bereits bis ins Kleinste geplant und uns mit ihren Entscheidungen konfrontiert. Ihre Nachbarn haben ihr geholfen, das alte Cottage zu renovieren. Sie sagte immer, es sei ihr wichtig, dass ihre Nelly in das Cottage einzieht und es nicht verkauft und dafür musste es zurechtgemacht werden. Das Ergebnis kennen Sie ja inzwischen.« Er lächelt zaghaft und steht auf. »Darf ich Ihnen vielleicht eine Tasse Tee anbieten, ich habe Earl Grey hier in der Kanne.« Mit dem Kopf deutet er auf ein Sideboard, auf dem eine Teekanne auf einem Stövchen steht.

»Sehr gern. Danke. Doktor Fitzpatrick, bitte erzählen Sie mir vom Tag ihres Todes.«

»Sind Sie sich wirklich sicher, dass Sie das hören möchten?«, fragt er besorgt, während er mir eine Tasse Tee reicht.

»Ich bin mir absolut sicher. Ich muss dieses Thema für mich abschließen.«

»In Ordnung. Lassen Sie mich kurz nachschauen, ob draußen Patienten warten und dann bin ich für Sie da.«

Wir sind hier auf der Insel eine große Familie

»Mögest du immer einen Platz finden, an dem du zur RUHE kommen kannst.«
Irischer Segenswunsch

Als ich die Praxis über eine Stunde später verlasse, fühle ich mich wie durch den Wolf gedreht. Vor wenigen Minuten habe ich erfahren, dass Grandma den exakten Tag ihres Todes minutiös geplant und festgelegt hatte und ich habe mir angehört, wie sie genau gestorben ist, denn ich habe nicht eher Ruhe gegeben, bis mir der Doktor ausführlich erklärt hat, mit welchem Medikamentencocktail er meiner Großmutter den Übergang erleichtert hat. Vorhin dachte ich noch, dass ich damit umgehen kann, aber jetzt erscheint mir das alles so surreal. Ohne mit der Wimper zu zucken habe ich vor wenigen Minuten einem Menschen zugehört, wie er mir eine Straftat gestanden hat.

Tötung auf Verlangen.

Diese drei Worte kreisen nun unaufhörlich in meinem Kopf herum. Wie in Trance steige ich auf das Fahrrad und setze mich in Bewegung. Zuerst weiß ich überhaupt nicht, wohin ich fahre. Mechanisch trete ich in die Pedale und versuche den Kopf freizubekommen. Mein Weg führt mich von allein zu den steilen Klippen zwischen Dun Aengus und dem Wurmloch. Hier zeigt sich mir das Meer noch viel rauer und aggressiver als auf der anderen Seite der Insel mit der flachen Küste, wo auch mein Cottage steht. Betäubt setze ich mich in einen kleinen Felsvorsprung, betrachte die tobende Atlantikgischt und denke eine gefühlte Ewigkeit über Doktor Fitzpatrick und meine Großmutter nach. Was muss dieser Schritt für sie wohl bedeutet haben? Bei dem Gedanken daran, wie groß mit Sicherheit ihre Angst gewesen sein muss, kommen mir erneut die Tränen. Und dann, wie aus heiterem Himmel überflutet mich plötzlich das Gefühl, als gäbe mir die raue See meinen inneren Frieden zurück. Sehr deutlich höre ich die Stimme von Granny, die mir durch die tosende Brandung hindurch zuruft. Sogar ihren Duft kann ich deutlich wahrnehmen. Die Stimme raunt mir zu, dass ich mir keine Sorgen machen soll. Und plötzlich sehe ich die Dinge vollkommen klar. Meine Grandma hatte gar keine andere Wahl. Sie hatte Angst vor dem Dahinsiechen, unfähig zu essen, sich zu waschen und selbständig auf die Toilette zu gehen. Sie war zu stolz, um in ihren letzten Tagen auf die Hilfe anderer angewiesen zu sein. Ich spüre, wie ich lächle und mein Groll gegen den Doktor und die Buckleys ist auf einmal verflogen. Sie haben das einzig Richtige getan, waren voller Nächstenliebe und Fürsorge für meine Oma ungeachtet der möglichen Folgen. Wie sagte Mr. Buckley so schön? Wir sind hier auf der Insel eine große Familie und eine Gemeinschaft, in der jeder für jeden da ist. Daher beschließe ich alles, was ich heute erfahren habe, für mich zu behalten. Meiner Großmutter zuliebe und meiner neuen Inselfamilie zuliebe. Endlich habe ich meinen inneren Frieden wieder gefunden und stehe beschwingt auf, trete an die Klippen heran, breite die Arme aus und schreie gegen die Brandung: »Granny! Ich liebe dich!«

Dann drehe ich mich um und gehe zurück zum Fahrrad. Es wird höchste Zeit, dass ich im Café nach dem Rechten schaue. Eigentlich wollte ich ja schon vor Stunden dort sein. Feiner Sprühregen setzt ein, doch er stört mich nicht mehr. Ich habe gelernt, das Wetter hier zu nehmen, wie es kommt, denn man kann es ja ohnehin nicht ändern.

Als ich am Café ankomme, sind die Handwerker gerade fertig und machen Feierabend, damit sie noch rechtzeitig an der Fähre sind. Sie begrüßen mich herzlich und ziehen mich sofort in die neue Küche, wo ich aus dem Staunen nicht mehr herauskomme. Es ist alles fertig. Ich kann es nicht fassen. Die Küche steht und alle Geräte sind angeschlossen und bereit, in Betrieb genommen zu werden. Überschäumend vor Glück falle ich dem Arbeiter, der gleich rechts neben mir steht, um den Hals und bedanke mich immer und immer wieder. In den Gesichtern der Männer kann ich deutlich deren Stolz ablesen. Auch sie freuen sich über das Ergebnis ihrer fleißigen Arbeit. Zum Abschied schüttele ich jedem die Hand, bedanke mich und lade sie alle zum Frühstücksbrunch ein, sobald ich geöffnet habe. Als sie gegangen sind, gehe ich zurück in die funkelnde Küche. Sie riecht so neu und sauber und der Edelstahl glänzt und strahlt im Licht der Deckenbeleuchtung. Begeistert wie ein kleines Kind fahre ich mit den Fingern über die matten Oberflächen und probiere alle Schalter aus. Überwältigt von einem Überschuss an Emotionen fällt es mir schwer zu glauben, dass ich nun bald das Café eröffnen kann. Kurzerhand beschließe ich, heute noch bei Fíona vorbeizufahren, um mit ihr Pläne für die Eröffnungsparty zu schmieden. In den nächsten Tagen werden noch die Stühle, Sofas und Tische kommen und danach steht der Eröffnung nichts mehr im Weg.

Bevor ich mein schnuckeliges Café verlasse, rufe ich Max an, der bald mit der Fähre wieder von Galway zurückkommt.

»Hi Max, ich gehe heute Abend noch zu meiner Freundin. Mach dir also keine Sorgen, wenn du zurückkommst und ich nicht da bin. Es könnte später werden.«

»Danke, dass du Bescheid sagst, Nelly. Es ist aber nichts passiert oder?«, fragt er besorgt nach.

»Nein, alles in bester Ordnung. Ich möchte nur mit ihr gemeinsam die Eröffnungsfeier für das Café planen. Bald kann es losgehen.«

»Wie ich dich kenne, bist du sicher schon mächtig aufgeregt«, neckt er mich.

»Und wie ich das bin! Wie war eigentlich dein Geschäftstermin?«

»Sehr produktiv und erfolgreich. Stell dir vor Nelly, ich werde nun tatsächlich eine Zweigstelle meiner Agentur in Galway eröffnen«, erzählt er mir voller Begeisterung.

»Das freut mich irre für dich. Nur komm bloß nicht auf die Idee, mich zu fragen, ob ich dort arbeiten werde, jetzt wo mein Café fertig ist«, gebe ich scherzhaft zurück.

»Nein keine Sorge. Ich werde in zwei Tagen zurück nach Deutschland fliegen, um dort einen Geschäftsführer für die Agentur in Mannheim zu finden, und dann komme ich wieder zurück nach Galway. Ich möchte die Zweigstelle zumindest in der Anlaufphase selbst leiten.«

Wow, das haut mich jetzt doch ziemlich von den Socken. »Du ziehst von Deutschland nach Irland? Habe ich das jetzt richtig verstanden?«, frage ich daher irritiert nach.

»Ja Kleines, ich habe lange darüber nachgedacht und war mir noch nie so sicher, dass ich dies tun möchte. Ich habe mich geändert Nelly, was soll ich noch tun, um dir dies zu beweisen?«

»Max, ehrlich gesagt, ich fühle mich gerade etwas überfahren. Ich weiß nicht, was ich dazu sagen soll. Bitte, ich habe dich nicht darum gebeten, nach Irland zu kommen. Im Gegenteil, ich weiß überhaupt noch nicht, ob es eine gemeinsame Zukunft für uns geben kann.« Nervös kaue ich auf der Unterlippe herum und spüre, dass ein kleiner Teil in mir drin sich tatsächlich darüber freut, dass Max bereit ist, für mich Deutschland zu verlassen.

»Ich will dich auch gar nicht überrumpeln. Aber denk bitte die nächsten Tage darüber nach, versprochen? Die meiste Zeit werde ich ohnehin von zu Hause aus arbeiten können, sodass es auch kein Problem wäre, wenn ich zu dir auf die Insel ziehe. Ich könnte dir dann in deinem Café helfen, wenn ich Zeit habe. Bitte Nelly, sag nicht sofort nein, sondern schlaf ein paar Nächte drüber. Okay?« Seine Stimme hat einen flehenden Unterton und ich werde den Eindruck nicht los, dass er es vollkommen ernst meint.

»Ja Max, ich schlafe drüber, aber versprechen kann ich dir zur Zeit gar nichts«, versuche ich seinen Tatendrang etwas auszubremsen. »Ich muss jetzt los. Wir sehen uns später.«

»Alles klar Nelly. Bis heute Abend.« Nachdenklich stecke ich das Telefon in die Jackentasche, schalte das Licht im Café aus und schließe die Tür hinter mir. Wenn ich nur wüsste, ob er sich wirklich geändert hat, oder mir nur etwas vorspielt, um mich wieder ins Bett zu kriegen. Was will ich eigentlich? Kann ich mir nochmal ein gemeinsames Leben mit Max vorstellen? Zu allem Überfluss dringt Liams Gesicht in mein Bewusstsein und ich erkenne ein weiteres Mal schmerzlich, wie sehr ich ihn vermisse. Er verkörpert einfach alles, was Max zu keiner Zeit war und auch niemals sein wird und ausgerechnet dieser Mann hat mich ebenfalls belogen und betrogen. Schnell schiebe ich die Gedanken an Liam beiseite, damit der unendliche Schmerz sich nicht weiter durch mein Herz bohren kann.

Obwohl ich den gesamten Weg lang über die beiden Männer in meinem Leben, und darüber, was ich eigentlich will, nachdenke, komme ich zu keinem überzeugenden Ergebnis.

Die Buckleys sind gerade mit dem Essen fertig, als ich bei ihnen ankomme.

»Nelly Liebes, warum hast du nicht gesagt, dass du kommst. Soll ich dir etwas vom Eintopf aufwärmen?«

Im Wohnzimmer hängt noch der Geruch von einem deftigen Lamm-Kartoffel-Eintopf und mir läuft das Wasser im Mund zusammen.

»Oh ja, bitte! Ich habe wahnsinnigen Hunger.« Wie zur Bestätigung, knurrt in diesem Moment mein Magen und sorgt für ausgelassene Heiterkeit. Noch bevor ich mich an den Tisch setze, steht Liam auf.

»Ich kümmere mich um die Pferde, Mom«, sagt er schnell, wirft mir noch einen flüchtigen Blick zu und hastet dann aus dem Raum.

»Mein Café hat jetzt eine voll funktionstüchtige Küche«, erzähle ich mit einem breiten Grinsen im Gesicht.

»Hey Glückwunsch Nelly. Dann kannst du ja bald eröffnen.« Meine Freundin klatscht vor Begeisterung in die Hände.

»Genau deshalb bin ich hier. Ich hatte gehofft, dass wir die Eröffnungsparty planen können.«

»Klar können wir das. Partys planen ist meine Spezialität. Was fehlt denn jetzt eigentlich noch im Café?«

»Nur noch die Tische, die Stühle und die Sofas. Und natürlich noch Dekokram für die Wand und so.« Mrs. Buckley bringt mir einen Teller mit dampfenden

Eintopf und stellt ihn vor mir ab. »Vielen Dank. Das riecht köstlich.«

Während ich die heiße Suppe löffele, überlegen wir uns einen Zeitplan für die kommenden Tage und machen uns erste Gedanken für eine Eröffnungsparty. Da kommt noch einiges in der nächsten Zeit auf mich zu und mir wird dezent mulmig zumute. Mir kommen plötzlich Zweifel, ob ich das alles hinbekomme und so ein Café allein stemmen kann.

»Ach Süße, das schaffst du locker. Wenn nicht du, wer sollte das dann auf die Reihe bekommen?«, versucht meine Freundin, mich aufzumuntern.

»Wahrscheinlich mache ich mir zu viel Gedanken. Das ist eine blöde Angewohnheit von mir.«

»Du sag mal Nelly, das wollte ich dich schon die ganzen Tage fragen. Wie läuft es denn mit deinem Ex? Wie lange bleibt er noch?«

»Er wird in zwei Tagen wieder zurück nach Deutschland fliegen. Vorerst.«

»Was heißt vorerst?« Meine Freundin hebt fragend ihre linke Augenbraue.

»Er wird nun tatsächlich in Galway eine Zweigstelle seiner Agentur eröffnen und plant, zumindest in der ersten Zeit, auch hier zu arbeiten und alles zu beaufsichtigen.« Mrs. Buckley kommt herein und bringt uns beiden eine Tasse Tee.

»Aha«, antwortet Fíona lakonisch.

»Ich weiß, du kannst ihn nicht leiden.« Seufzend puste ich in die dampfende Teetasse.

»Er hat sich dir gegenüber wie ein Arsch verhalten, Nelly. Ich versteh überhaupt nicht, warum du ihm das verziehen hast.«

»Er hat sich entschuldigt und ich glaube, er meinte das wirklich ernst.«

»Seid ihr jetzt etwa wieder zusammen?« Wenn Blicke töten könnten, würde ich in dieser Sekunde vermutlich vom Stuhl kippen.

»Nein sind wir nicht«, antworte ich trotzig. »Aber er hat angedeutet, dass er mir zuliebe sogar mit auf die Insel ziehen würde, da er die meiste Zeit auch gut von zu Hause aus arbeiten kann.« Ich trinke einen Schluck Schwarztee und schaue meine Freundin angriffslustig an.

»Willst du das denn? Liebst du ihn noch?«

»Ganz ehrlich? Ich weiß es nicht. Ich bin mir nicht sicher, ob ich noch etwas für ihn empfinde und was. Klar, es hat gut getan, die letzten zwei Tage so umsorgt worden zu sein. Er kämpft um mich, trägt mich auf Händen.«

»Und Liam? Hast du meinen Bruder nun endgültig in den Wind geschossen? Ihr Zwei passt so toll zusammen.«

»Oh Fi, glaub mir! Ich vermisse Liam, mehr als du denkst. Aber ich kann und will keine Beziehung, die auf Unehrlichkeit basiert.« Niedergeschlagen lasse ich die Schultern hängen.

»Ich verstehe euch nicht, alle beide! Sprecht euch doch einfach mal klar aus, anstatt dass jeder von euch still vor sich hin leidet. Und was ist, wenn Max dich wieder zurückerobert hat? Meinst du, dass er dir dann immer noch zu Füßen liegt, oder nicht eher wieder in alte Verhaltensmuster verfällt? Nelly Menschen ändern sich nicht.«

»Das kann passieren. Es kann aber auch genauso gut sein, dass er sich doch geändert hat. Sei mir nicht böse, ich bin zu müde, um weiter über dieses Thema zu diskutieren.«

»Ich will dich doch nur davor bewahren, dass du dich kopfüber ins Unglück stürzt.«

»Das ist lieb von dir und ich bin dir dafür auch sehr dankbar.« Hastig trinke ich in einem Zug den Tee aus und bringe noch das Geschirr in die Küche, bevor ich mich mit einem planlosen Gefühlschaos in meinem Inneren auf den Heimweg begebe.

Whisky in the jar

*»Möge die SEHNSUCHT dein Herz öffnen, auf dass
du eine unendliche Freiheit empfinden kannst.«*
Irischer Segenswunsch

Vor mir auf dem Küchentisch steht eine Schüssel mit
Cornflakes und ich kriege keinen Bissen runter. Die
letzten drei Wochen haben Fíona und ich fleißig
gewirbelt und die große Party für die heutige
Eröffnung des Cafés geplant und vorbereitet. Max hat
sich gestern telefonisch bei mir gemeldet und mir
erzählt, dass er innerhalb kürzester Zeit einen
passenden Manager für die Mannheimer Agentur
gefunden hat und vor zwei Tagen in seine Wohnung
in Galway eingezogen ist. Obwohl ich mir nach wie
vor nicht darüber klar geworden bin, wie und ob es
mit uns in Zukunft weiter geht, habe ich ihn für heute
Abend eingeladen. Die viele Aufregung ist mir
gehörig auf dem Magen geschlagen und am liebsten
würde ich mich irgendwo einschließen. Damit ich
nicht mit total leerem Magen losziehe, schiebe ich mir

wenigstens ein paar Löffel mit Cornflakes in den Mund, denn ich will bald los und die letzten Vorbereitungen treffen. Fíona hat noch eine Überraschung für heute Abend angekündigt, und zwar eine Liveband, deren Namen sie mir allerdings vorab nicht verraten wollte. Nachdem ich mein karges Frühstück heruntergewürgt habe, ziehe ich mich an und radele zum Café. Auf dem Weg dorthin spüre ich die aufsteigende Panik und kann kaum das Gleichgewicht auf dem Rad halten. Doch irgendwie schaffe ich es und komme mit zittrigen Knien am Ziel an.

Stolz schaue ich nach oben zu dem neuen Schild mit dem Namenszug *Ruthies*, den das Café zu Ehren von Grandma Ruth bekommen hat. Die Buckleys haben es für mich anfertigen lassen und mir zur Eröffnung geschenkt. Vollkommen gerührt habe ich gestern wie ein kleines Kind dagestanden, während Mr. Buckley es angebracht hat.

Mit einem zufriedenen Lächeln auf den Lippen schließe ich auf und betrete mein neues Reich. Der Gastraum sieht aus, wie ein gemütliches, großes Wohnzimmer mit den samtbezogenen Zweisitzern, den Sesseln und Kaffeehausstühlen an den schwarzbraunen Holztischen. Mrs. Buckley hat in den letzten Wochen fleißig kleine Tischdeckchen gehäkelt und Kissenbezüge gestrickt. Am liebsten würde ich mich jetzt mit einer heißen Schokolade auf eins der

Sofas setzen, den Kamin anmachen und die Seele baumeln lassen. Aber ich habe noch einiges zu tun, bis die Gäste kommen. Zuerst stehen hinter dem Tresen zwei Kartons mit verschiedenen Dekorationsartikeln, die ich an den Wänden und auf den Tischen verteilen möchte.

Jetzt ist es höchste Zeit, dass ich in der Küche verschwinde und das Essen vorbereite. Heute zur Eröffnungsparty werde ich noch nicht das komplette Programm kochen, sondern nur irische Kartoffelpfannkuchen und eine leichte Suppe. Nachher kommt Mrs. Buckley und wird mir den Abend über in der Küche helfen. Voller Tatendrang hole ich die funkelnagelneuen Töpfe aus dem Schrank und stelle sie auf den Herd. Jemand klopft draußen an die Tür, öffnet sie jedoch im nächsten Moment selbst. »Nelly, wir sind es«, höre ich Fíona rufen.

»Ich bin in der Küche. Kommt rein!«

»Hi Süße! Na, schon aufgeregt?« Meine Freundin drückt mir einen Kuss auf die Wange.

»Und wie!« Ich werfe theatralisch die Arme in die Luft.

»Das ist alles so aufregend. Ich habe Dad mitgebracht. Er hängt draußen noch Luftballons und Girlanden und so ein Zeugs auf. Mom kommt auch bald. Was kann ich tun?« Sie steht voller Elan vor mir und reibt sich die Hände. Ich muss schmunzeln.

»Hilf doch einfach deinem Vater, dann ist er schneller fertig. Ihr könntet mir noch bitte den Kamin anfeuern.«

»Wird erledigt, Chefin.« Vergnügt zwinkert sie mir zu und rauscht in den Gastraum ab, während ich mich weiter um die Zubereitung der Speisen kümmere. Etwa eine viertel Stunde später steht auch schon Mrs. Buckley neben mir in der Küche und greift mir unter die Arme.

»Ich schau mal nach den Getränken. Kommst du einen Moment klar hier?«

»Geh nur mein Kind. Die ersten Gäste werden sicher auch bald eintreffen. Ich kümmere mich um die Küche.«

»Danke. Du bist die Beste!« Dankbar umarme ich sie fest und gehe an die Bar. Mr. Buckley und seine Tochter haben in der Zwischenzeit den Gastraum festlich geschmückt und außerdem ein Band in den Türrahmen gespannt.

»Das zerschneidest du nachher zur offiziellen Eröffnung. Ich habe eine große Schere dabei.« Mr. Buckley zieht eine alte Schneiderschere aus seiner Tasche.

»Das ist so wundervoll«, schniefe ich gerührt.

»Es soll alles perfekt für dich sein, Nelly«, sagt er und lässt sich zufrieden auf einem Stuhl nieder. Unendlich dankbar gieße ich einen Whisky ein, bringe ihm das Glas und setze mich kurz zu ihm.

Gemeinsam beobachten wir Fíona, wie sie das prasselnde Feuer im Kamin schürt. In all den Jahren ohne meine Eltern hatte ich vergessen, wie wunderbar es sich anfühlt, eine Familie zu haben. Solch eine Familie habe ich in den Buckleys nun wieder gefunden. Eine angenehme Wärme breitet sich langsam im Raum aus. Gerade als ich schläfrig werde und am Einnicken bin, rüttelt mich Mr. Buckley an der Schulter. »Lass uns nach draußen gehen. Die ersten Gäste kommen sicherlich jeden Augenblick.« Verschlafen schaue ich auf die Uhr. Tatsächlich, es ist drei Minuten vor sechs. Plötzlich bin ich hellwach und schnelle nach oben.

»Wow!« Mehr bringe ich vor Aufregung nicht über die Lippen. Ich zittere am ganzen Körper und würde am liebsten heulend davonlaufen. Jetzt bloß keine kalten Füße bekommen. Meine Freundin bemerkt meinen desolaten Zustand, nimmt mich in den Arm und stützt mich auf dem Weg zur Tür. Meine eiskalten Finger legen sich auf die Türklinke, drücken sie herunter und die Tür geht auf. Bestimmt zwei Dutzend Menschen stehen bereits vor dem Café und warten auf den Startschuss.

»Go, Baby!«, raunt mir Fíona zu und schiebt mich resolut nach vorn. Mit zittrigen Knien tauche ich unter dem Band hindurch, die Buckleys folgen mir. Von weitem erkenne ich, dass noch mehr Menschen auf das Café zuströmen. Mr. Buckley entzündet draußen

Gartenlaternen, die er wohl vorhin ebenfalls mitgebracht hat. Oh Gott, muss ich jetzt etwa eine Rede halten? Lieber Gott, steh mir bei.

»Liebe Gäste, liebe Insulaner! Ich freue mich sehr, dass ihr so zahlreich zur Eröffnung von meinem kleinen Café erschienen seid und diesen denkwürdigen Tag gemeinsam mit mir feiern möchtet. Ich möchte diese Gelegenheit nutzen, und mich bei meinen lieben Nachbarn und Freunden, der Familie Buckley bedanken. Ohne euch hätte ich das alles hier nicht geschafft. Außerdem möchte ich meinen Eltern danken, die mich zu ihren Lebzeiten tagtäglich in allem unterstützt und gefördert haben. Nicht zuletzt möchte ich natürlich auch meiner lieben Grandma Ruth danken. Ohne sie hätte es mich vermutlich überhaupt nicht zurück nach Irland verschlagen, auf die bezaubernde Insel zu euch liebenswerten Mitmenschen.« Beifall ertönt und ich spüre, wie sich die Anspannung langsam legt. Es ist einfacher, als ich gedacht habe. Mr. Buckley reicht mir die Schneiderschere und ich trete damit an das Band heran. Unter gemurmelten Ohs und Ahs greife ich mit einer Hand an das Band. »Hiermit eröffne ich das *Ruthies*.« Während ich das Band durchschneide, klatschen meine Gäste Beifall und ich genieße diesen Moment des Erfolges. Kurzfristig wandern meine Gedanken zu Liam. Irgendwie bin ich schon ziemlich traurig, dass er nicht hier ist. Zumindest habe ich ihn nicht in der Menschenmenge entdecken können. Auch Max ist nicht zur Eröffnung gekommen, und ich bin mir nicht sicher, ob ich deswegen erleichtert sein soll oder traurig. Offenbar hat er wieder mal nur den Kopf frei für seine Arbeit. Energisch schüttele ich die negativen Gedanken an die beiden Männer ab und betrete schließlich als Erste mein kleines Heiligtum, drehe mich nochmal um und bedeute den Gästen mit einer Handbewegung, dass sie mir folgen sollen. »Seid alle herzlich willkommen.«

Während alle Gäste mit Begeisterung und Appetit essen, frage ich meine Freundin, was mit der Musik ist.

»Keine Sorge. Die Band ist in etwa zwanzig Minuten da.« Beruhigt mische ich mich unter die Gäste und plaudere mal hier und mal da. Alle fühlen sich sichtlich wohl und ich bin unglaublich stolz in diesem Moment. Fíona geht auf die kleine, als Bühne für die Livemusikeinlagen konzipierte Fläche und nimmt sich ein Mikrofon. Sie kündigt die Überraschung für mich an, begrüßt sie Band mit dem Namen *Croí glas*[6] und zieht mich dann auf ein freies Sofa. Der Bandname sagt mir natürlich gar nichts, aber die Insulaner scheinen die Jungs zu kennen, denn sie klatschen und jubeln, noch bevor jemand zu sehen ist. Dann geht die Tür auf und drei Männer und

---

[6] Siehe Glossar

eine Frau treten ein und steuern auf die Bühne zu. Ich bekomme fast einen Herzschlag, als ich einen der drei Männer erkenne. Es ist Liam. Er hält eine Geige in der Hand, die anderen beiden Männern haben eine Gitarre und eine Bodhran[7]. Mit offenem Mund schaue ich Fíona an, doch sie grinst nur und freut sich über ihre gelungene Überraschung.

»Dein Bruder spielt in einer Band? Ich bin ja völlig platt.«

»Ja, schon seit über fünf Jahren. Wärst du öfter mal mit ins Joe Wattys gekommen, hättest du ihn längst spielen gehört.«

Um von Anfang an die Stimmung richtig anzuheizen, beginnt die Band mit einer rockigen Version von *Whisky in the jar*. Die Stimmung ist grandios und ich lasse mich mitreißen, springe auf, klatsche und singe mit den anderen lautstark mit. Erst jetzt kann ich auch die Frau richtig erkennen, die singt und zwischendurch auf ihrer Querflöte spielt. Vor Schreck falle ich zurück aufs Sofa. Es ist die gleiche Frau, die ich damals zusammen mit Liam, vor dessen Haus gesehen habe. Die Frau, die er innig umarmt hat, mit der er mir das Herz gebrochen hat.

»Was ist los mit dir, Nelly? Du bist plötzlich kreidebleich.«

»Die Frau! Das ist sie«, stottere ich und deute vage in Richtung Bühne.

---

[7] Siehe Glossar

»Welche Frau? Wen meinst du?« Sie setzt sich zu mir und legt den Arm um meine Schulter.

»Die Frau mit der Flöte da vorn. Das ist sie. Die Freundin von deinem Bruder. Und du hast es die ganze Zeit gewusst oder?« Tränen treten in meine Augen.

»Was?« Fíona prustet laut los. »Du denkst, mein Bruder hat was mit ihr? Wie um alles in der Welt kommst du denn da drauf? Das ist unsere Cousine Erin.«

»Aber, er hat sie doch ... sie haben sich ... umarmt«, antworte ich kleinlaut und verwirrt.

»Jetzt ist mir alles klar. Du hast die beiden gesehen, als sie bei uns war, kurz nachdem sie ihr Baby verloren hat. Mein Bruder hat sie getröstet und ihr Mut zugesprochen.«

Am liebsten würde ich jetzt in einem großen Loch im Boden auf Nimmerwiedersehen verschwinden. Ich komme mir so dumm vor. Was habe ich nur mit meinem Misstrauen angerichtet?

»Ich weiß gerade nicht, was ich sagen soll. Dein Bruder muss denken, ich bin eine vollkommen gestörte Xanthippe.«

»Nein Nelly. Mein Bruder liebt dich über alles und leidet jeden Tag darunter, dass du ihn zurückgewiesen hast.«

»Denkst du, ich kann das wieder geradebiegen?«, frage ich zaghaft und möchte am liebsten losheulen, so wütend bin ich gerade auf mich und meine blinde Eifersucht. Mir ist richtig elend zumute, bei dem Gedanken daran, was Liam die letzten Wochen durchmachen musste.

»Ich weiß es nicht. Aber ich denke schon. Ein Versuch ist es auf jeden Fall wert.«

»Darauf brauche ich erstmal einen Drink. Soll ich dir auch etwas mitbringen?«

»Ich komme mit. Du solltest ohnehin jetzt wieder hinter die Bar und deine Gäste mit Getränken versorgen.«

»Oh!« Tatsächlich stehen zwei Männer durstig am Tresen und halten Ausschau nach mir.

»Ich komme schon«, rufe ich und beeile mich, die Männer mit einem Guinness zu versorgen. Dann gieße ich mir und Fíona einen Whisky ein.

»Sláinte!«

Die Stimmung des restlichen Abends ist ausgelassen. Die Leute tanzen fröhlich zur Musik, trinken gemäßigt und plaudern über Gott und die Welt mit mir. Zwischendurch schiele ich immer wieder zur Bühne und hoffe, dass ich bald mit Liam reden kann. Ich habe ihm fruchtbar unrecht getan und möchte dieses Missverständnis so schnell wie möglich bereinigen. Wenigstens eine Erklärung und Entschuldigung von mir hat er verdient. Mein Magen zieht sich nervös zusammen, als die Band endlich eine kurze Pause ankündigt. Eilig bereite ich für alle Getränke vor und dann steht er auch schon vor mir.

»Herzlichen Glückwunsch zu deinem tollen Café, Nelly.« Etwas steif und verlegen reicht er mir die Hand.

»Ich danke dir. Hier ist etwas zu trinken für dich.« Er greift nach dem Glas und als unsere Hände sich berühren durchzuckt es mich wie ein Stromschlag. »Können wir bitte irgendwo in Ruhe reden?« Mein Herz schlägt mir bis zum Hals und meine Stimme ist belegt.

»Ja, natürlich. Ganz wie du willst.« Mein plötzliches Redebedürfnis scheint ihn arg zu verunsichern. Beklommen gehe ich um den Tresen herum und fasse zaghaft nach seiner Hand. »Kannst du mich bitte kurz vertreten?«, rufe ich seiner Schwester zu und ziehe ihn dann nach draußen vor die Tür.

Ein kalter, vom Regen durchzogener Wind pfeift über die Insel und lässt mich sofort frösteln. Die Luft ist erfüllt vom torfigen Geruch der Kaminfeuer in den Häusern. Ich schließe die Augen, atme tief durch und drehe mich dann zu Liam um. Fragend schaut er mir in die Augen. So macht er es mir bestimmt nicht leichter.

»Ich weiß gar nicht, wie ich anfangen soll.« Mit den Armen mache ich eine hilflose Geste.

»Versuch es doch einfach. Wenn du mir nicht sagst, worum es geht, können wir schlecht ein Gespräch führen.«

»Okay«, ich sammle all meinen Mut zusammen, atme nochmal tief durch und lege dann los. »Durch deine Schwester habe ich gerade ein furchtbares Missverständnis aufgeklärt. Damals, als deine Cousine Erin bei euch war, nachdem sie ihr Baby verloren hatte, da wollte ich auch gerade zu dir kommen. Ich habe euch gesehen. Also deine Cousine und dich, und habe da wohl einiges in den falschen Hals bekommen. Ich dachte, ihr zwei seid ein Paar.«

Liams Augenbraue schnellt nach oben und er schaut mich überrascht an.

»Ich glaube, jetzt wird mir so einiges klar. Warum hast du nichts gesagt?« Kopfschüttelnd fasst er nach meinen Händen.

»Ich war verletzt. Schon wieder. Es war dumm von mir, das weiß ich jetzt auch. Ich habe dir furchtbar unrecht getan und das tut mir sehr leid. Bitte verzeih mir.« Betreten und tieftraurig schaue ich auf den Boden. Sanft hebt er mein Kinn mit zwei Fingern an und schaut mir in die Augen. »Ich dachte, ich hätte dich für immer an diesen piekfeinen Schnösel verloren.«

Entschieden schüttele ich den Kopf. »Das hast du nicht.« Mehr denn je spüre ich eine tiefe Verbundenheit zu Liam, die Gewissheit vollkommener Liebe und ich bete inständig, dass er mir noch eine Chance gibt, auch wenn ich diese überhaupt nicht verdient habe.

»Du glaubst gar nicht, wie erleichtert ich darüber bin, Nelly! Noch nie hat mir eine Frau so viel bedeutet, wie du. Deshalb ...« Mit gehobenen Zeigefinger signalisiert er mir, dass ich kurz warten soll, und nestelt mit der anderen Hand in seiner Hosentasche herum, um sie kurz darauf wieder hervorzuholen. Offenbar hat er gefunden, was er gesucht hat, doch noch umschließt er es mit seinen Fingern. »Das hier wollte ich dir schon längst geben, aber du warst auf einmal so distanziert. Und nachdem dein Ex hier aufgetaucht war, dachte ich, dass es keinen Sinn mehr hat mit uns«, fährt er fort und fixiert dabei seine geschlossene Faust. Fragend schaue ich ihn an und bemerke seinen verlegenen Gesichtsausdruck, während er meine Hand zu sich zieht.

»Schließe bitte deine Augen, Sweety.«

Obwohl meine Gefühle gerade Achterbahn fahren, tue ich ihm diesen Gefallen und spüre im nächsten Moment, dass er mir einen Ring an den Finger steckt. Erschrocken schnappe ich nach Luft und reiße die Augen wieder auf. Mir funkelt ein herzförmiger Smaragd in der Mitte eines filigranen Claddagh Rings[8] entgegen. Unfähig etwas zu sagen

---

[8]   Siehe Glossar

wandern meine Augen zurück zu Liam, der sich gerade vor mich auf den Boden kniet. Meine Kehle ist auf einen Schlag wie ausgetrocknet, meine Zunge klebt am Gaumen und ich fühle mich einer Ohnmacht nahe, während ich heftig zu zittern beginne.

»Vom ersten Tag an, als ich dich kennengelernt habe, bist du mir nicht mehr aus dem Kopf gegangen und sehr bald schon wusste ich, dass ich mir ein Leben ohne dich nicht mehr vorstellen kann. Nelly, möchtest du mich heiraten?« Mit einem Ausdruck voll Wärme und Liebe schaut er zu mir herauf und dennoch erkenne ich in seinen Augen die Angst vor meiner Antwort. Mir schlottern immer noch die Knie, und mein Magen rebelliert nun vollends, als mir auffällt, dass ich Liam nur anstarre anstatt ihm zu antworten.

»Ja! Ja, ich will dich heiraten!«, antworte ich schnell. Begleitet von einem heftigen Kopfnicken, ziehe ich ihn zu mir herauf.

»Bist du dir da auch ganz sicher? Ich könnte es nicht ertragen, dich noch einmal zu verlieren.« Mit beiden Händen umfasst er mein Gesicht und schaut mich liebevoll an. Eine einzelne Träne löst sich aus meinen Augen und läuft langsam an der Wange herunter.

»Absolut sicher«, antworte ich ihm entschlossen und er fängt die verirrte Träne mit seinem Daumen auf. Erleichtert schließt er mich fest in die Arme und wir versinken in einen leidenschaftlichen Kuss. Noch nie im Leben bin ich mir so sicher gewesen, das Richtige zu tun.

Ende

Glossar

Sláinte - heißt wörtlich übersetzt »Gesundheit« (Irisches Gälisch). Zu hören ist es in Irland als Trinkspruch, wie das englische »cheers« und heißt dann schlicht »Prost«. Manchmal hört man auch »Sláinte mhaith«, was wörtlich übersetzt »gute Gesundheit« heißt.

Leprechauns - sind kleine Wesen aus der irischen Mythologie. Meistens sind diese kleinen Kobolde gutmütig und scheu, doch gelegentlich treiben sie auch derbe Scherze. Wer einen Leprechaun sehen möchte, muss sich auf den Weg ans Ende des Regenbogens machen, denn dort bewachen die kleinen Männchen den Topf voll Gold. Neben dem Kleeblatt und der irischen Harfe gelten sie außerdem als Wahrzeichen Irlands.

Oíche Shamhna - ist die gälische Bezeichnung für Halloween, bzw. für das irisch-keltische Fest Samhain und bedeutet: die Nacht vor Samhain, also die Nacht vor dem 1. November.

Croí glas - heißt übersetzt so viel wie »grünes Herz«

Die **Bodhran** - ist eine irische Rahmentrommel, oft bespannt mit Ziegenfell, die normalerweise im Sitzen gespielt wird.

Claddagh Ring - das Motiv dieses berühmten Ringes ist ein Herz mit einer Krone, das behutsam von zwei Händen gehalten wird. Das Herz symbolisiert natürlich die Liebe, die Hände stehen für Vertrauen und Freundschaft und die Krone gilt als Zeichen für Treue und Loyalität. Laut einer Legende stammt dieser Ring ursprünglich aus dem Fischerdorf Claddagh, in der Nähe der Stadt Galway. Je nachdem wie der Ring vom Besitzer getragen wird, hat er unterschiedliche Bedeutungen. So zeigt er an der linken Hand getragen mit dem Herz in Richtung des Trägers, dass dieser bereits verheiratet ist. Verlobte tragen den Ring in gleicher Weise, nur an der rechten Hand. Wer seine große Liebe noch nicht gefunden hat, trägt den Ring ebenfalls rechts, doch mit dem Herz von sich wegzeigend.

Rezepte

Irish Coffee (Caife Gaelach)

Zuerst gebt ihr **2 TeelöffelZucker** oder **Rohrzucker** (alternativ geht auch **1 Teelöffel Karamellsirup**) in ein Irish Coffee Glas. Natürlich könnt ihr auch ein anderes hitzebeständiges Glas verwenden.

Anschließend fügt ihr **3 - 4 cl irischen Whiskey** hinzu.

Danach gießt ihr das Glas mit **heißem, starken Kaffee** auf. Lasst aber noch etwas Platz im Glas, denn zum Schluss kommt **halbaufgeschlagene Sahne** obendrauf. Am besten lasst ihr die Sahne über einen Löffel in den Kaffee fließen, so vermischt sie sich nicht mit diesem.

Wer mag, kann das Ganze noch mit Raspelschokolade garnieren.

Fertig ist euer Irish Coffee.

Übrigens wird ein Irish Coffee ohne Löffel serviert und folglich auch nicht umgerührt, sondern der Kaffee wird durch die Sahne hindurchgeschlürft.

Barmbrack

In dieses traditionelle Halloween-Früchtebrot
werden verschiedene »Fremdkörper« eingebacken,
um am Halloweenabend gemeinsam die Zukunft
vorherzusagen.

Zutaten

Für die Fruchtmischung braucht ihr:

350 g Sultaninen, 50 ml irischen Whiskey, Saft und
Schale von 1 Zitrone und warmen Tee

Für den Teig braucht ihr:

450 g Mehl, eine Prise Salz, 280 ml zimmerwarme
Milch, 15 g Trockenhefe, 50 g weiche Butter, 50 g
Zucker und 1 Ei

Für den Guss braucht ihr:

1 EL Butter, 1 TL gemahlenen Zimt und 1/2 TL
Gemahlenes Lebkuchengewürz

Zubereitung:

1. Die Sultaninen werden 30–45 Minuten lang in dem Whiskey, warmem Tee und Zitronensaft eingeweicht, danach gießt ihr die Flüssigkeit ab.

2. Für den Teig gebt ihr alle Zutaten in eine Rührschüssel und mischt sie.

3. Danach knetet ihr den Teig auf einer bemehlten Fläche für etwa 5 Minuten mit den Händen.

4. Gebt den Teig in eine Schüssel und deckt sie mit einem feuchten Handtuch ab. Lasst den Teig ungefähr 1 Stunde aufgehen, bis er die Schüssel ausfüllt.

5. Den Teig nochmal kneten, und anschließend die eingeweichten Sultaninen hinzugeben und gleichmäßig verteilen.

6. Danach gebt ihr den Teig in eine mit Butter eingefettete Backform und deckt sie wieder mit einem feuchten Handtuch ab.

7. Lasst die Form 20 Minuten lang an einem warmen Ort stehen, bis der Teig über den Rand aufgegangen ist.

8. Jetzt kommt die Form für etwa 50 Minuten in den auf 200 °C vorgeheizten Ofen und wird gebacken.

9. Für den Guss: Verrührt die Butter und die Gewürze zu einer weichen Masse.

10. Nach etwa 50 Minuten nehmt ihr den Barmbrack aus dem Ofen und bestreicht ihn sofort

mit der Gewürzbutter. Anschließend noch etwas
abkühlen lassen und lauwarm genießen.

Konstanze-Hartenbach-Thriller-Reihe

»**Blutrune**« ist der Auftakt zu einer ganzen Thriller-Reihe um die Protagonistin Konstanze Hartenbach. Im ersten Teil studiert Konstanze noch Jura und lernt den überaus charmanten Robert kennen. Es dauert nicht lange, da muss sie erkennen, dass sich hinter der Sonnenschein-Fassade Roberts ein brutaler und gefährlicher Charakter verbirgt. Sie gerät immer tiefer in einen Strudel aus Intrigen und Gewalt und gerät schließlich bei dem Versuch, ein Attentat zu verhindern, in Lebensgefahr.

Leseprobe:

Wütend und verletzt rannte Konstanze blindlings in den Wald, ohne darauf zu achten, dass sie sich Meter für Meter mehr vom Haus und der Party entfernte. Warum vergällte Sabrina ihr jeden Flirt mit einem

Mann? In diesem Moment beherrschte unbändige Wut gepaart mit bitterer Enttäuschung ihre Gedanken.

Ein brennender Schmerz in ihrer Lunge zwang sie, stehen zu bleiben. Sie beugte sich nach vorn und stützte beide Hände auf ihren Oberschenkeln ab. Heftig nach Luft japsend, drehte sie sich um und stellte erschrocken fest, dass sie das Blockhaus nicht mehr sehen konnte. Sie hielt den Atem an und lauschte in die Dunkelheit.

Nichts!

Keine Musik, kein Stimmengewirr der Partygäste. Erst jetzt wurde Konstanze bewusst, dass sie viel zu weit gelaufen war. Sie schaute sich um. Ringsum war kein Licht zu sehen. Einzig der Vollmond leuchtete durch die überwiegend kahlen Äste. Dies gab ihr jedoch wenig Trost, denn das blasse Mondlicht ließ dämonengleiche Schatten um sie herum aufleben. Es half nichts. Sie musste zurückgehen, trotz der Angst, die gegenwärtig ihren Nacken hochkroch. Wenn sie genau in die entgegengesetzte Richtung ging, würde sie das Holzhaus finden.

Vorsichtig setzte sie einen Fuß vor den anderen. Sie zwang sich, ruhig zu bleiben und weiterzugehen. Die schlagartige Erkenntnis allein hier im Wald zu sein hatte sie an den Rand einer Panikattacke gebracht. Folgte sie überhaupt noch dem schmalen Waldweg? Zweige knackten unter ihren Füßen. Sie zuckte zusammen, als ein Käuzchen durch die Nacht rief. Die Geräusche des Waldes hörten sich schon tagsüber unheimlich an, aber jetzt, in der Dunkelheit umgeben von gespenstischen Schatten nahmen sie infernalische Züge an. Wieder ein Knacken! Konstanze blieb stehen und hielt die Luft an. Bestimmt nur ein Reh, redete sie sich beruhigend ein.

Sie hatte mittlerweile ihre Panikattacken halbwegs im Griff. Am wichtigsten war es, konzentriert zu atmen und sich bewusst zu machen, dass nichts passieren konnte. Sie atmete tief durch, spürte jedoch keine Besserung. Ein gellender Schrei durchschnitt die Nacht. Vermutlich das Käuzchen oder ein Uhu, dachte sie und ging mit beschleunigten Schritten weiter.

Vor ihr raschelte es im Unterholz. Erschrocken begann Konstanze, zu rennen. Taumelnd versuchte sie, auf dem unebenen Waldboden Halt zu finden. Das Mondlicht leuchtete den Boden nur spärlich aus, sodass sie kaum etwas erkennen konnte. Äste schlugen ihr hart ins Gesicht, hielten ihre Kleidung fest und zogen erbarmungslos an ihren Haaren. Plötzlich spürte sie einen heftigen Schmerz an der Stirn. Sie hatte einen starken Ast gestreift und verlor unmittelbar darauf das Gleichgewicht. Unsanft landete sie auf einer großen Baumwurzel und ließ jetzt ihren Gefühlen freien Lauf. Sie weinte aus Angst, aber auch vor Wut. Wut auf Sabrina und vor allem auf sich selbst. Ihr Gesicht brannte. Konstanze berührte ihre Stirn dort, wo der Ast sie getroffen hatte. Es fühlte sich feucht an. Sie blutete. Auch das noch. Konstanze holte ein Taschentuch aus ihrer Hosentasche und presste es vorsichtig auf die Wunde. Der Waldboden war feucht und roch modrig. Kälte kroch ihren Körper hoch, sodass sie wieder aufstand und vorsichtig weiterging. Wie lange war sie jetzt schon unterwegs? Konstanze hatte jegliches Zeitgefühl verloren. Sie war sich absolut sicher, dass sie bereits viel weiter gegangen sein musste, als sie sich ursprünglich vom Haus entfernt hatte. Ihre Oberschenkel brannten und sie war schrecklich müde. Wie gern hätte sie sich einfach auf den Boden gelegt, um ein wenig zu schlafen, aber die Angst und die Kälte trieben sie voran. Da knackte es erneut, diesmal unmittelbar hinter ihr. Hastig drehte sie sich um und blickte in die Schwärze der Nacht. Sie konnte nichts erkennen, sah lediglich die grotesken Schatten der Bäume. Konstanzes Puls wurde schneller und schneller. Sie spürte ihr pochendes Herz kräftig gegen ihren Brustkorb schlagen und atmete in stoßartig keuchenden Zügen. Die Faust der Angst bohrte sich in ihren Körper, umfasste ihre Kehle und drohte ihr das Bewusstsein zu nehmen. Schweißperlen traten auf ihre Stirn und liefen als kleine Rinnsale über Augen, Nase und Kinn hinunter.

Schlagartig fiel das Atmen schwerer. Konstanze rang nach Luft, hatte das Gefühl jeden Moment zu ersticken. Ein heftiges Schwindelgefühl überkam sie, als schwankte der Boden unter ihren Füßen. Sie fing an, am ganzen Körper zu zittern, nicht wegen der Kälte, sondern vor Angst. Da war sie wieder, diese Gewissheit gleich sterben zu müssen. In diesem Moment war sie nicht mehr in der Lage zu erkennen, dass sie eine Panikattacke hatte. Ihre Beine sackten weg und sie fiel zu Boden. Sie kauerte sich auf den kalten, moosbedeckten Untergrund und wartete zitternd mit schweißnassen Händen auf ihren Tod.

Allmählich übernahm Konstanzes Verstand wieder die Kontrolle. Sie hatte solche Attacken schon so oft erlebt und nie konnte sie im Nachhinein erklären, was genau sie dabei fühlte. Diese irreale Todesangst. Manchmal schämte sich Konstanze sogar dafür. Ihre Atmung und ihr Herzschlag normalisierten sich nach und nach. Sie zitterte jedoch noch stark. Diesmal war es die Kälte, die ihren Körper immer heftiger zittern ließ. Sie schlang ihre Arme um ihren Körper und zwang sich weiterzugehen. Nur in welche Richtung? Durch ihre Panikattacke wusste sie nun nicht einmal mehr, in welche Richtung sie bis vor Kurzem gelaufen war. Am liebsten hätte sie sich einfach auf den Boden fallen lassen. Sie war so müde und wollte einfach nur noch schlafen. Doch sie hatte keine Wahl. Sie musste weiter gehen.

Inzwischen war die Nacht nicht mehr so dunkel und schwarz. Durch die Bäume hindurch sah Konstanze, dass sich der Himmel langsam grau verfärbte. Es musste demnach bereits früher Morgen sein. Sie spürte ihre Beine nicht mehr. Seit der Panikattacke war sie ohne Pause weitergegangen, damit die Energie der verbrannten Kalorien ihr ein Minimum an Wärme spendete.

Ungefähr hundert Meter vor sich sah Konstanze etwas aufblitzen. Nein. Es war eher eine spiegelnde Fläche. Das musste der See bei dem Waldhaus sein. Eine Welle der Erleichterung und Freude durchflutete ihren Körper. Sie hatte das verdammte Blockhaus endlich wiedergefunden.

»Das 8. Siegel« - der zweite Teil dieser Thriller-Reihe erscheint voraussichtlich Ende 2016.

Die Jurastudentin Konstanze versucht gemeinsam mit einem Journalisten, illegale Medikamententests hinter den Mauern der Rotmain Klinik aufzudecken. Während ihrer Recherchen kommt sie jedoch einem gefährlichen Gegner in die Quere, der aus einem Industrielabor Komponenten zur Herstellung eines chemischen Kampfstoffes gestohlen hat. Allem Anschein nach steckt eine militante, religiöse Sekte dahinter, die einen schrecklichen Plan verfolgt. Plötzlich sind die illegalen Medikamententests Konstanzes geringstes Problem und sie steckt mittendrin in einem teuflischen Plan der Zerstörung.